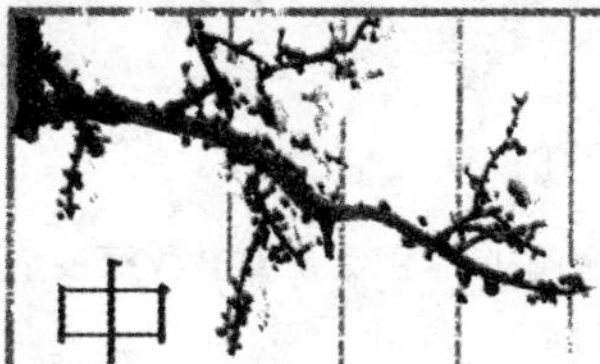

中国最美古典诗词

格律卷

竺黎燕 著

中国華僑出版社

图书在版编目(CIP)数据

中国最美古典诗词.格律卷 / 竺黎燕著.—北京:中国华侨出版社,2013.10 （2021.2重印）

ISBN 978-7-5113-4130-3

Ⅰ.①中… Ⅱ.①竺… Ⅲ.①古典诗歌-诗歌研究-中国 Ⅳ.①I207.2

中国版本图书馆 CIP 数据核字(2013)第236412号

中国最美古典诗词·格律卷

著　　者 / 竺黎燕

责任编辑 / 文　筝

责任校对 / 李向荣

经　　销 / 新华书店

开　　本 / 870 毫米×1280 毫米　1/32　印张/8　字数/151 千字

印　　刷 / 三河市嵩川印刷有限公司

版　　次 / 2013年10月第1版　　2021年2月第2次印刷

书　　号 / ISBN 978-7-5113-4130-3

定　　价 / 38.00 元

中国华侨出版社　北京市朝阳区静安里 26 号通成达大厦 3 层　邮编:100028

法律顾问:陈鹰律师事务所

编辑部:(010)64443056　　64443979

发行部:(010)64443051　　传真:(010)64439708

网址:www.oveaschin.com

E-mail:oveaschin@sina.com

前 PREFACE 言

中国古典诗词向来都有一种独特的美。它们传递着千百年的情感，描绘了千百年的兴衰，勾画出祖国的大好河山，抒写了一代又一代文人骚客的情怀。然而一首优秀的诗篇，不但要表现内容，还要注重形式之美。对于古诗词而言，形式美的主要表现是在诗词的格律上。

可以说，诗词格律一开始便是根据诗词传播的需要诞生的。格律来源于音乐，是诗歌在格式、音律方面的准则。诗词的格律需要注重用韵、平仄、对仗、字数四个要素。但是诗词格律的发展并不是限制诗词发展，而是推动更好的作品被创造。

在唐代近体诗成熟以前，古典诗歌是与乐曲相联系的。古人的诗词创作不在少数，然而能够流传到今天的却比较有限。这是因为当时的书写记录成本高昂，诗歌主要通过口头的传唱而得以流传后世。因而那些注重押韵和对仗之美的诗篇因为朗朗上口，便于记忆，更多的被保存下来。要知道中国第一部诗歌总集《诗经》中的 305 首诗篇，大多都是在民间口口相传的作品。

古体诗的写法相对自由，除了要求押韵，对诗歌的形式没有特别的限制。但是诗歌发展到南北朝，谢朓、沈约等人创作的“永明体”打破了这种格局。“永明体”严守四声八病之说，强调诗歌的声韵和格律。

发展到唐朝，诗歌迎来了它的盛世。随着近体诗的逐渐成熟，诗词格律也有了更严格的规范，讲究平仄的和谐和对仗的工整。“初唐四杰”王勃、杨炯、卢照邻、骆宾王起了初步定型的作用，而盛唐时期才子辈出，涌现了诸如李白、杜甫这样的大诗人，还诞生了诸多诗派，包括以孟浩然和王维为代表的山水田园诗派、以高适和岑参为代表的边塞诗派等。之后白居易、元稹、韩愈、李贺、杜牧、李商隐等诗人风格各不相同，创造了唐诗的又一个高潮，使得唐诗一直维持在一个很高的水准上。

格律诗在这个时期开始在诗歌舞台上占据了主流地位，这是诗词格律发展的重要里程碑。格律诗包括绝句和律诗，根据每句的字数，又分为五言和七言。在格律诗的创作中，也可以有形式和音律上的变化，但这些变化也要遵循一定的规则。这些变化丰富了格律诗的创作，优秀的诗篇层出不穷。

发展到宋元时期，诗歌的风格已经发生了转变，但不乏上乘之作。宋词、元曲更是光辉灿烂。其中柳永对词的发展贡献巨大。他的词作流传于市井，对词的音乐之美极为重视，因而柳词常常为歌伎所传唱，影响甚广。而其中格律词派起源于唐末、五代的花间派，盛行于宋朝，非常讲求词的艺术技巧，对于声律也非常重视。

本书精选了各个时期中国诗词的代表作，并对其进行了具体的赏析。这些作品在千百年来广为流传，在诗词的格律上体现了古典诗歌的形式之美。

目录 CONTENTS

辑二

华丽的骈文辞赋——魏晋南北朝

辑三

工整绝美的格律诗——隋唐五代

辑四

谐美韵律永流传——宋元明清近代

辑一

最朴素的韵律——先秦两汉

早在遥远的先秦时代，“关关雎鸠，在河之洲”的动人诗篇就已经开始在神州大地上传唱着。人们在婚庆时歌唱，在祭祀时歌唱，在劳作时歌唱。我们要感谢那些美丽而朴素的诗篇，带我们回到了遥远的过去。

千古相思

——《诗经·蒹葭》

蒹葭苍苍，白露为霜。所谓伊人，在水一方。

溯洄从之，道阻且长。溯游从之，宛在水中央。

蒹葭萋萋，白露未晞。所谓伊人，在水之湄。

溯洄从之，道阻且跻。溯游从之，宛在水中坻。

蒹葭采采，白露未已。所谓伊人，在水之涘。

溯洄从之，道阻且右。溯游从之，宛在水中沚。

《诗经》依据体裁可分为风、雅、颂三类。其中，“风”有160篇，在“诗三百”中数量过半，乃是核心部分，包括了十五个地方的民歌，被称为“十五国风”；“雅”分为“小雅”和“大雅”，共105篇，大雅多出于宫廷宴饮，小雅多出于作者个人抒怀；“颂”共40篇，多用于祭祀场合，数量最少，分“周颂”、“鲁颂”和“商颂”。《蒹葭》出自“风”中的“秦风”，为大约2500年前流传于秦地的一首民歌。

关于《蒹葭》所写的内容，由于记载并不详实，背景难以确证，历来就有争议，主要有三种说法：一是“刺襄公”说，二是“招贤”说，三是“爱情”说。其中流传最广，接受人群最多的是“爱情说”。秋风萧瑟，朝阳初升，河里是茂密的芦苇，一片浓密的绿色夹杂着几缕白。芦苇叶上滚动着晶莹的露水，远远望去像结了一层霜，对岸的景色仿佛也因此变得朦胧了。男子极目望去，芦苇苍苍，对岸那婀娜的身影忽隐忽现，正是他的梦中人。他惊喜异常，急急忙忙想过到对岸去。秋水森森，逆流而上，水路漫漫，困难重重，仿佛没有尽头，那个身影到底在何方？顺流而下，在雾水朦胧中寻寻觅觅，历尽艰辛，那个让人日夜思念的人遍寻不着，怎么就像在水中央那样，看似近在眼前的人儿，就是找不着？主人公可望不可即的苦涩与淡淡忧怨感染着每一位读者。

有人评价：“古之写相思，未有过《蒹葭》者。”《蒹葭》的相思之情一咏三叹，重叠反复，缭绕心间。全诗一共有三章，三章之间描绘的内容十分相近，只改动了部分字词，使得全诗有反复吟咏、一唱三叹之妙，主人公的追求所在也愈发飘渺不可寻，增加了诗歌的凄凉和哀怨。“白露为霜”、“白露未晞”、“白露未已”表现的是时间的推移和追求过程的漫长；“在水一方”、“在水之湄”、“在水之涘”是地点的转换，“宛在水中央”、“宛在水中坻”、“宛在水中沚”，伊人不知身在何处，主人公只能不断猜测；“道阻且长”、“道阻且跻”、“道阻且右”则是直接描写追寻过程的艰难，从而突出了主人公的执着和坚韧。寻而无果，追而无终，又何尝不是人生的一种无奈。

《蒹葭》写相思，还胜在意象的选取。诗歌以“蒹葭”为题，蒹葭其实是芦苇。芦花飘零，使得芦苇这个意象本身就具有一种凄凉感。“蒹葭者，芦苇也，飘零之物，随风而荡，却止于其根，若飘若止，若有若无。”古代人常通过芦苇来抒发时间流逝的感伤和流浪无家的漂泊之感。“别岸扁舟三两只，葭苇萧萧风淅淅。”在柳三变笔下，芦花飘飞，何其萧瑟！白居易的《长恨歌》也曾写到芦苇：“浔阳江头夜送客，枫叶荻花秋瑟瑟。”可见芦苇承载着古人的离愁别绪，何其哀伤。主人公将情感寄托于芦苇，这“苍苍”、“萋萋”、“采采”的芦苇开遍，亦是情感满溢的写照。求而不得之苦，实是相思之盛。

另一意象白露本是二十四节气之一，古谚说“白露秋分夜，一夜凉一夜”，预示着天气转凉，北雁南飞。《蒹葭》中的“白露”，不但暗示季节，提示时间的变化，还为全诗渲染了凝重、哀伤的气氛。有学者认为，诗中的“白露”是主人公感情的凝结：“求佳人而不可得，于是相思益甚，其情益坚。故曰‘未晞’，‘未已’。虽不可得而情不散，故终受其苦。”

《蒹葭》是一首抒情诗，然通读全诗，一切朦朦胧胧。读者既不知道是谁在抒情，也无法确证抒发的是怎么样的情感。这也许正是《蒹葭》的绝妙之处，虽情不可知，然情可感可叹，可怨可念。似乎这场相思是一场虚幻，但从诗中感受到的相思，又是那么的真切，铿锵而悠长。这样的《蒹葭》，实是相思之首。

天时民事

——《诗经·七月》

七月流火，九月授衣。一之日觱发，二之日栗烈。无衣无褐，何以卒岁？三之日于耜，四之日举趾。同我妇子，馌彼南亩。田畯至喜。

七月流火，九月授衣。春日载阳，有鸣仓庚。女执懿筐，遵彼微行，爰求柔桑。春日迟迟，采蘩祁祁。女心伤悲，殆及公子同归。

七月流火，八月萑苇。蚕月条桑，取彼斧斨。以伐远扬，猗彼女桑。七月鸣鵙，八月载绩。载玄载黄，我朱孔阳，为公子裳。

四月秀葽，五月鸣蜩。八月其获，十月陨萚。一之日于貉，取彼狐狸，为公子裘。二之日其同，载缵武功。言私其豵，献豜于公。

五月斯螽动股，六月莎鸡振羽。七月在野，八月在宇，九月在户，　　十月蟋蟀入我床下。穹窒熏鼠，塞向墐户。嗟我妇子，曰为改岁，入此室处。

六月食郁及薁，七月亨葵及菽。八月剥枣，十月获稻。为此春酒，以介眉寿。七月食瓜，八月断壶，九月叔苴，采荼薪樗。食我农夫。

九月筑场圃，十月纳禾稼。黍稷重穋，禾麻菽麦。嗟我农夫，我稼既同，上入执宫功。昼尔于茅，宵尔索绹，亟其乘屋，其始播百谷。

二之日凿冰冲冲，三之日纳于凌阴。四之日其蚤，献羔祭韭。九月肃霜，十月涤场。朋酒斯飨，曰杀羔羊，跻彼公堂。称彼兕觥，万寿无疆！

《诗经》中《豳风》共有七篇，包括《七月》、《鸱鸮》、《东山》、《破斧》、《伐柯》、《九罭》、《狼跋》。这些诗篇都产生于西周，在十五国风中属于早期作品，大多具有强烈的现实主义色彩，大多描写百姓劳动和农民生活的情景，是我国最早的田园诗。《七月》是“诗三百”中的独特存在。不但是《豳风》中，它也是十五国风中篇幅最长的一篇，而在诗歌种类中，《七月》虽也有抒情，却以叙事为主，是古代诗歌中较为少见的叙事诗。

《七月》中很多时间名词，但是其中的月份与今天所用历法并不相同。《七月》中所用历法皆为夏历。夏历是一种非常古老的历法，传说创立于夏代，是中国古六历之一，现在只能从一些古籍中推算原历法规则。据推算，夏历采用冬至之月为子月，以寅月为正月，以朔日为每月的初一。

《七月》共分八个章节，基本都按照时间顺序叙述劳动者一年的生活。第一章写种田，时间跨度由冬入春。第二、第三章写妇女采桑织布制衣，第四章表现狩猎场面。这几章表现的内容都是劳动人民主要的劳动生活。在叙事的同时，作者还在第一章着力渲染了劳动者恶劣的生活和劳动环境。“一之日觱发，二之日栗烈。无衣无褐，何以卒岁？”寒风作响，北风凛冽，缺少过冬衣物的人们担心着如何才能熬过这个寒冬，生活的艰辛跃然纸上。除了这样的正面描写，诗歌还从多个侧面表现了劳动者的困苦。当他们在田野辛勤耕种，挥汗如雨，田官却心情愉悦，怡然自得；姑娘们结伴采桑，她们不但要劳作，还要提防着贵族公子哥的侵犯，可见她们失去了基本的人身自由；劳动者身着寒衣，有被冻死的危险，却得为贵族缝制精美的狐裘，狩猎得到的货物也得敬献，只能分得些许小兽。诗歌后四章从收拾房屋、储藏食物、修建房屋、凿冰等方面描写。除了劳作场面，诗歌末尾也表现了一年一度的年终宴饮场面。其间依旧运用了对比的手法，贵族的奢华和劳动者的艰辛通过诗句可见一斑。

《七月》具有极高的艺术价值。诗歌全篇以四言为主，巧妙运用了大量连绵词、叠词和拟声词，使得诗歌呈现的劳动和生活场面具有极强的画面感，声情并茂。在用韵方面，《七月》十分灵活多变，“动于天机，不费雕琢”。此外，诗歌对四时变化十分敏感，对于季节的描写精准生动，具有农时诗的意义。朱熹曾在《诗集传》这样理解《七月》：“仰观星日霜露之变，俯察昆虫草木之化，以知天时，以授民事。女服事乎内，男服事乎外，上以诚爱下，下以忠利上。父父子子，夫夫妇妇，养老而慈幼，食力而助弱。其祭祀也时，其燕享也节。此《七月》之义也。”

《七月》描绘的内容包括天时，包括事物变化，包括政治，包括道义，用意颇深，内涵之广为整部《诗经》所罕见。对于《七月》的理解，历来学者颇有争议，这也从另一个方面体现了它的价值。

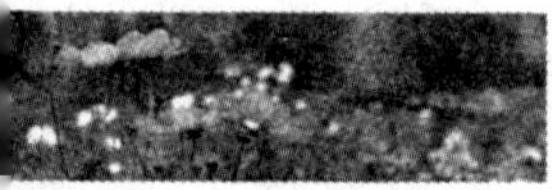

人面桃花

——《诗经·桃夭》

桃之夭夭，灼灼其华。之子于归，宜其室家。

桃之夭夭，有蕡其实。之子于归，宜其家室。

桃之夭夭，其叶蓁蓁。之子于归，宜其家人。

《桃夭》是《诗经·国风》中的一篇，选自《周南》，是周朝时期采集的诗篇。《周南》是《诗经》的第一部分，一共包括十一首诗歌，其中不乏《关雎》、《卷耳》、《汉广》等传世名篇，因而其对于《诗经》研究具有独特价值。《桃夭》是《周南》的第六篇，在整部《诗经》中也是广为流传。

《桃夭》是女子出嫁时所唱的诗歌，“之子于归”即女子出嫁之意。诗歌开篇先“比”，“桃之夭夭，灼灼其华”写极了桃花的艳丽与美好。当然，这句诗以花喻人，写桃花更是写新娘，从这八个字里读者就可以想象到新嫁妇红润的脸庞、白皙的肤色、姣好的外貌。桃花在中国一直与爱情有着很大联系，而桃花开于春季，这个要出嫁的女孩带着春天的生机，正值青春年华，一切都是那么鲜活与美好。

这样的桃花之美也给了后世文人许多启发，历代诗词高手忍不住赞誉它的艳丽，表现女性的美好。诸如元稹的《桃花》中说的“桃花浅深处，似匀深浅妆”，以桃花比女子妆容，风情有余；陈师道在《菩萨蛮》中写“玉腕枕香腮，桃花脸上开”，一位古装美人跃然纸上；张举的《桃花》“莫道蜂蝶徉来忙，果然娇艳世无双”，直言桃花之娇美。而最有名的除了《桃夭》中的这句“桃之夭夭，灼灼其华”，就要数崔护《题都城南庄》中的“去年今日此门中，人面桃花相映红，人面不知何处去，桃花依旧笑春风”了。美女与盛开的桃花交相辉映，这样的画面无限美好，只可叹物是人非，无限愁惘。难怪清代学者姚际恒在《诗经通论》中要赞《桃夭》“桃花色最艳，故以喻女子，开千古词赋咏美人之祖”了。

《易》曰：“春桃生花，季女宜家。”中国古代讲究“妇德”，诗歌的第二句“之子于归，宜其室家”说的就是女子的品德，一个能使家庭和睦的女人才是一个好女人。孔子评价《韶》时说“尽美矣，又尽善也”，评价《武》时说“尽美矣，未尽善也”，可见孔子也时常用“美”和“善”两个标准评价事物。这位要出嫁的女子容颜如盛开的桃花一样美好灿烂，从视觉上来说自然是“美”的，但仅仅拥有视觉美是不够的。第二句说她能够“宜其室家”，使这个女子不但具有外表美，更有心灵美，能够让家庭和和顺顺，符合了“善”的标准。这样一位尽善尽美的女子即将出嫁，夫家该是多么幸运、多么喜悦。映衬着美丽的春天景色，在那桃花盛开的季节，一个幸福的家庭就要组成。读此诗，读者能够品味到诗歌字里行间洋溢着的喜气洋洋的氛围，似乎还能听见那欢庆的音乐，看见盖着红盖头、穿着鲜红色嫁衣的新娘，要对这对新人送上最美好的祝福。

《桃夭》可以分成三个部分，这三个部分之间每个部分都只改动了六个字，保留了十个字，使得诗歌反复咏叹，极具音乐之美。而这三个部分不仅是简单的重复，在诗意上更是层层递进。第一部分讲的是桃花之艳丽，第二部分写果实之丰硕，第三个部分写桃叶之茂密。从“花”到“实”再到“叶”，是桃树成长的三个阶段，也寓意着女子的三个成长阶段。第一部分自然是新婚燕尔的和谐美好，第二部分的“实”则预示着夫妇爱情的开花结果，一片结了果实的桃树，该是多么丰茂。古代人特别注重传宗接代，特别是在先秦这样遥远的时代，对于生育有着一定的崇拜，人丁兴旺、子孙满堂是人生极大的幸福。女子能为家庭带来这样的幸福，是值得赞颂的。第三部分写叶子的茂密，实际上是对女子的进一步赞颂。《礼记·大学》曾引用《桃夭》这首诗，写道：“宜其家人，而后可以教国人。”

《毛传》云："蓁蓁，至盛貌。有色有德形体至盛也"，对女子的评价很高。

在《诗经》中，首篇《关雎》写的就是爱情，其后《周南》中的另外几篇，诸如《葛覃》、《卷耳》、《螽斯》等，都与夫妻生活有关，有的赞颂女子的美德，有的写女子对于丈夫的思念，有的祝愿夫妻多子多福，而《桃夭》也与婚嫁有关。孔子在编排时把这些诗歌放在《诗经》的最前面，可见对婚姻和家庭的重视。

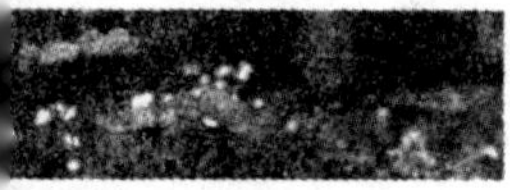

投木报琼

——《诗经·木瓜》

投我以木瓜，报之以琼琚，匪报也，永以为好也。

投我以木桃，报之以琼瑶，匪报也，永以为好也。

投我以木李，报之以琼玖，匪报也，永以为好也。

《木瓜》选自《诗经·国风·卫风》，是《诗经》中传诵较广的一篇。经考定，《卫风》中的诗篇包括邶、鄘、卫三国，而卫诗共有诗歌 39 首，在国风中所占比例已在四分之一左右。在这部分诗歌中，除了《木瓜》外，《硕人》、《氓》、《河广》等也具有很高的知名度。

《木瓜》全诗并不长，由三个有重叠的部分组成，每个句子之间的差异仅仅只有两个字，改动之少在整部《诗经》中也十分罕见。“投我以木瓜，报之以琼琚，匪报也，永以为好也”的涵义简而言之就是“投木报琼，匪报永好”。你送了我一个木瓜，我回赠你一块琼琚。这不是答谢之礼，而是想要和你天长地久，永远相好。诗歌中提到的“木瓜”、“木桃”、“木李”都是水果，根据《本草纲目》中的说明，这三种水果是同一属的植物，相差不大。“琼琚”、“琼瑶”、“琼玖”皆为美玉，在价值上也没有什么大的分别。因而《木瓜》的三个部分反复咏唱，每个部分传达的意思也几乎一致。此外，在诗歌的结构上，《木瓜》全诗没有用到《诗经》中最常用到的四字句，这也是这首诗歌的一个突出的艺术特色。这样长短不一的句式安排是作者匠心所在，因为此诗原本完全可以用“投木报琼”之类的四字短语来代为表达。现行的写法让整首诗歌在朗诵节奏上抑扬顿挫，跌宕起伏，在演唱时也必定会更加婉转动听。

《木瓜》的主题是赠答和回报，但是，在如今词汇的使用率上，“投桃报李”可能比“投木报琼”要高得多。“投桃报李”一词也出自《诗经》，是在《大雅·抑》中，取自“不僭不贼，鲜不为则。投我以桃，报之以李。彼童而角，实虹小子”。而“投我以桃，报之以李”的涵义顾名思义即是以李子来回赠你送给我的桃子，这与“投木报琼”就有细微的差距了。首先，“桃”与“李”是属于同一价值领域的东西，“投桃报李”是以同等价值的东西回赠他人；而“投木报琼”中的木瓜和美玉是属于不同价值的东西，美玉的价值要远远高于木瓜，以美玉赠送自然与李子不同。其次，“投桃报李”与“投木报琼”的目的不同。“投桃报李”是为了回礼，中国人讲究来而不往非礼也，这是出于个人礼貌和社会习俗，个人感情色彩比较淡。甚至有研究者指出，“桃”的价值要高于“李”，以“李”来回赠是一种不礼貌的行为。而在《木瓜》中，诗人在“投我以木瓜，报之以琼琚”之后特别指出了赠送的理由：“匪报也，永以为好也。”可见，诗人丝毫没有考虑在回赠中的得失，也并非是为了回报他人的馈赠，只是渴望能与此人天长地久，永远交好。

可见，在《木瓜》中，诗人认为两人的感情要远远超过琼琚的价值，因而他们的爱是建立在付出的基础上，而不是索取。关于赠送的对象，历来研究者有不同的看法。认同度较高的是“男女相互赠答说”，认为这是一首关于爱情的抒情诗。朱熹在《诗集传》中评价：“言人有赠我以微物，我当报之以重宝，而犹未足以为报也，但欲其长以为好而不忘耳。疑亦男女相赠答之词，如《静女》之类。”而清代著名学者姚际恒则反对朱熹的观点，他在《诗经通论》中说：“以为朋友相赠答亦奚不可，何必定是男女耶！”他认为也有可能是普通朋友之间的相互赠送，而不一定非得是男女双方。

类似于《木瓜》中表现的感情，后代诗人也用过“木瓜”表现赠答关系。张九龄在他的《叙怀二首》中云：“木瓜诚有报，玉楮论无实”，认为真正的情谊是相互的，不需要用华而不实的东西来装点；“瓜成人已去，失望将谁语”，可以赠送的人已经离去，张说只能在他的《寄姚司马》中表达无限失落和遗憾。而后代诗人中，使用《木瓜》典故的就更多了，如唐朝诗人钱起在《重赠赵给事》中写道：“能迂驺驭寻蜗舍，不惜瑶华报木桃”，贾岛在《投张太祝》中的“欲买双琼瑶，惭无一木瓜”，李白《望木瓜山》中的“客心自酸楚，况对木瓜山”，等等。

黍离之悲

——《诗经·黍离》

彼黍离离，彼稷之苗。行迈靡靡，中心摇摇。知我者谓我心忧，不知我者谓我何求。悠悠苍天，此何人哉？

彼黍离离，彼稷之穗。行迈靡靡，中心如醉。知我者谓我心忧，不知我者谓我何求。悠悠苍天，此何人哉？

彼黍离离，彼稷之实。行迈靡靡，中心如噎。知我者谓我心忧，不知我者谓我何求。悠悠苍天，此何人哉？

《诗经·王风》共有十篇，分别包括《黍离》、《君子于役》、《君子阳阳》、《扬之水》、《中谷有蓷》、《兔爰》、《葛藟》、《采葛》、《大车》、《丘中有麻》等，其中《黍离》是《王风》的第一篇。《王风》中的“王”是王都的简称，当时的王都在今天的河南洛阳一带。崔述《读风偶识》曰：“幽王昏暴，戎狄侵凌；平王播迁，家室飘荡。”正值乱世，社稷凋零，多少家庭家破人亡，遭遇了极大的不幸，因而《王风》诗多感伤悲凉，《黍离》正是在这样的背景下完成的。

那儿的黍子生长茂盛，那儿的谷子已抽出新苗。我的步伐如此沉重，心神难定，愁闷非常。了解我的人说我是忧心，不知道我的人会说我是心有所求。那悠悠的苍天哪，谁造就了这样的凄凉？《黍离》开篇运用了“兴”的手法，先用两个四字短语描绘庄稼的生长情况，正是这样的环境触动了诗人的心弦。其后主角登场，他满腹心事，步履蹒跚。“知我者谓我心忧，不知我者谓我何求”是流传千古的《诗经》名句，这是对自我情况的一种说明，是对知己者的一种渴望。然而可以想象的是“知我者”的稀少，有谁会和诗人一样沉思忧虑呢？最后，诗人只能向苍天发问：如今的萧条与落寞是谁造成的呢？这里的问苍天已经不仅仅是一种询问，而是一种痛苦的哀嚎。

那儿的黍子生长茂盛，那儿的谷子已结出果实。我的步伐如此沉重，如酒后行走，昏昏沉沉。了解我的人说我是忧心，不知道我的人会说我是心有所求。那悠悠的苍天哪，谁造就了这样的凄凉？那儿的黍子生长茂盛，那儿的谷子已抽出新穗。我的步伐如此沉重，心内沉闷，哽咽难言。了解我的人说我是忧心，不知道我的人会说我是心有所求。那悠悠的苍天哪，谁造就了这样的凄凉？诗歌的第二、第三部分与第一部分相比改动的字数很少，每一部分仅改动三个字，却指出了时间的变化和情绪的变化。时间上，从“苗”到“穗”到“实”，通过稷的生长读者可以感受到时间的推进，岁月的变迁；从“中心摇摇”到“中心如醉”到“中心如噎”，诗人的情绪越来越低回，一直没有好转，可见诗人内心的情感由内而发，并不单纯是一时的感慨，这种情绪也越来越深地感染着读者。“知我者谓我心忧，不知我者谓我何求。”这样带着感伤的独白重复三次，使得诗人内心的孤独感越来越强烈；“悠悠苍天，此何人哉”这样的哀嚎反复，情感愈甚。天地之悠悠，诗人的声音回荡着，与这空旷境界中茂盛的禾苗形成了鲜明对比，已化为一种控诉。方玉润《诗经原始》这样评价：“三章只换六字，而一往情深，低回无限。”

《黍离》得以打动人心，在于岁月无情变迁带来巨大落差的震撼，也在于诗人的一片爱国热情，这也是诗歌的力量来源。《黍离》的特别之处，是不单有感伤，有情绪，还有思考。诗歌最后，诗人向天提出了自己的疑问：是谁造成了今天的一切？一个王朝的没落会由各种各样的因素造成，不会只是一个人的责任，究其原因，也是值得深思和反复考究的。用这样的疑问结尾，更让《黍离》具有了哲学高度，回味无穷。

《毛诗序》曰：“《黍离》，闵宗周也。周大夫行役至于宗周，过故宗庙宗室，尽为禾黍，闵周室之颠覆，彷徨不忍去而作是诗也。”

在旧国的遗址上，如今已是茂盛的庄稼，曾经繁华的王朝早已无处寻觅。禾苗长势越好，越是生机勃发，就越反衬出废墟的残败，越显得沉寂与悲凉。而“黍离之悲”在后代已经成为一种诗词主题，用以表现诗人或词人对故国残破、今不如昔的感时伤怀。姜夔在《扬州慢》小序中说“予怀怆然，感慨今昔，因自度此曲。千岩老人以为有《黍离》之悲也”，而词中的“念桥边红药，年年知为谁生”感染了无数后人；刘禹锡在他的《乌衣巷》中用一句“旧时王谢堂前燕，飞入寻常百姓家”道尽百年变化，流传千古。

绝代佳人

——《诗经·硕人》

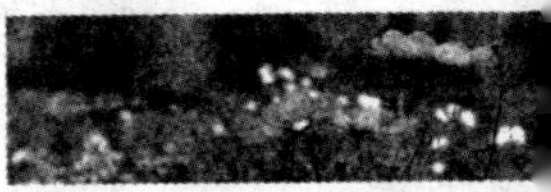

硕人其颀，衣锦褧衣。齐侯之子，卫侯之妻，东宫之妹，邢侯之姨，谭公维私。

手如柔荑，肤如凝脂，领如蝤蛴，齿如瓠犀，螓首蛾眉。巧笑倩兮，美目盼兮。

硕人敖敖，说于农郊。四牡有骄，朱幩镳镳，翟茀以朝。大夫夙退，无使君劳。

河水洋洋，北流活活。施罛濊濊，鳣鲔发发，葭菼揭揭。庶姜孽孽，庶士有朅。

与《木瓜》、《氓》、《河广》等著名诗篇一样，《硕人》选自

《诗经·卫风》。但与大多数《国风》作品不同的是，《硕人》的作者很可能为卫国贵族，而不是一般的平民百姓。根据《诗序》记载，庄公宠爱妾室，对正妻齐国公主庄姜十分冷淡，导致庄姜一生无子，国人对她十分怜悯，就写了这首《硕人》纪念、赞美庄姜。

《硕人》开篇先用“硕人其颀”总写庄姜的身材高大，美貌姣好，再用“衣锦褧衣”带一句服饰特征。这样的服饰可以突出庄姜的修长身材，可见庄姜在美学上也是很有品位的。诗歌随后介绍她高贵的身份：她是齐庄公的女儿，是卫庄公的妻子，是齐国太子的妹妹，是邢侯的小姨，谭公还是她的妹夫。可见，庄姜拥有高贵的出身，在身份和血统上属于贵族，地位无比崇高。

诗歌的第三、第四部分写婚礼的隆重和盛大。美人高挑修长，歇在城郊。四匹雄马矫健强壮，两边红绸飘飘，美丽的鸟羽装饰着上朝的车辆。诸位士大夫早回吧，莫要让国君太操劳。黄河之水浩浩汤汤，流水之声哗哗啦啦。撒网之声呼呼作响，鱼儿蹦蹦跳跳，芦苇茂盛美好。陪嫁的姑娘服饰华贵，护送的青年飒爽英魁。在这两个部分，诗人运用了大量叠词，诸如“敖敖”、“镳镳”、“洋洋”、“活活”、“濊濊”、“发发”、“揭揭”、“孽孽”等。这些叠词的运用使得场面蔚为壮观，也衬托了庄姜高贵的身份和美丽的外貌。

《硕人》的第二部分详写庄姜的外貌，描绘了一幅绝代佳人图，这也是整首诗歌最出彩、最广为流传的部分。“手如柔荑，肤如凝脂，领如蝤蛴，齿如瓠犀，螓首蛾眉”连用六个比喻，就像一组特写镜头，细致地放大了一个个“硕人”的身体部位。她的手如同柔荑一样柔软细白，皮肤如凝脂般细腻光滑，脖子颀长白嫩，牙齿如瓠瓜子儿一样洁白整齐。她的前额丰满开阔，她的眉毛细长弯曲。在特写镜头下，美人之绝色简直无可挑剔。而对庄姜最动人的描写是这两句：“巧笑倩兮，美目盼兮。”前面一连串的比喻描绘了美人肖像的静态，但这时她还徒有其形，只是一个毫无生气的冰美人。然而这八个字是写美人的动态、神态，让这个美人充满了灵魂，从画卷中走了出来。难怪方玉润在《诗经原始》中赞叹：“千古颂美人者，无出‘巧笑倩兮，美目盼兮’二语。”

综合整首《硕人》，诗中的庄姜不但拥有高贵的血统身份，地位超然，还身材修长，面容姣好，是一位倾世佳人。她不但具有外表美，还具有心灵美。卫国风气较为淫乱，而庄姜能够恪守本分，尽管内心充满对爱情的渴望，但绝不泛爱。相比于卫灵公的妻子南子，庄姜的品德更加彰显。如果是在现代，庄姜必然是位人见人爱的大家闺秀。

清人姚际恒对于《硕人》对美女的描绘手法极为赞赏，在《诗经通论》称颂此诗“千古颂美人者，无出其右，是为绝唱”。后代诗人文学家描摹美女，往往也会有《硕人》的影子。唐代大诗人描绘杨玉环的美貌，用了诗句“天生丽质难自弃，一朝选在君王侧。回眸一笑百媚生，六宫粉黛无颜色。春寒赐浴华清池，温泉水滑洗凝脂”，又说“宛转蛾眉”，又说“芙蓉如面柳如眉”、“梨花一枝春带雨”。显然，白居易的“回眸一笑百媚生”、“梨花一枝春带雨”与“巧笑倩兮，美目盼兮”皆写美女神态，如点睛之笔，使得原在纸上的美人神态动人，两者有异曲同工之妙。而“凝脂”、“蛾眉”等语与《硕人》用词完全一致。其余诸如唐代武平一的“瓠犀发皓齿，双蛾颦翠眉。红脸如开莲，素肤若凝脂”在用词上显然受到了《硕人》的影响，何思澄《南苑逢美人》的“媚眼含羞合，丹唇逐笑开”，曹雪芹描写贾探春的“俊眉修眼，顾盼神飞”、林黛玉的“两弯似蹙非蹙笼烟眉，一双似喜非喜含情目”神情皆备，都有庄姜的影子。

思君不至

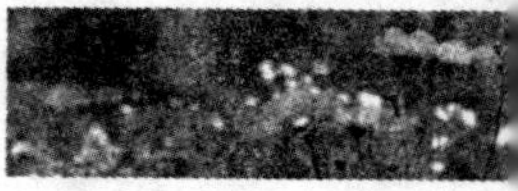

——《九歌·湘夫人》

帝子降兮北渚，目眇眇兮愁予。袅袅兮秋风，洞庭波兮木叶下。

登白薠兮骋望，与佳期兮夕张。鸟何萃兮苹中，罾何为兮木上。

沅有芷兮澧有兰，思公子兮未敢言。荒忽兮远望，观流水兮潺湲。

麋何食兮庭中？蛟何为兮水裔？朝驰余马兮江皋，夕济兮西澨。

闻佳人兮召予，将腾驾兮偕逝。筑室兮水中，葺之兮荷盖；

荪壁兮紫坛，播芳椒兮成堂；桂栋兮兰橑，辛夷楣兮药房；

罔薜荔兮为帷，擗蕙櫋兮既张；白玉兮为镇，疏石兰兮为芳；

芷葺兮荷屋，缭之兮杜衡。合百草兮实庭，建芳馨兮庑门。

九嶷缤兮并迎，灵之来兮如云。捐余袂兮江中，遗余褋兮澧浦。

搴汀洲兮杜若，将以遗兮远者；时不可兮骤得，聊逍遥兮容与！

（战国）屈原

屈原是我国著名的爱国诗人，沿袭至今的五月初五端午节就是为了纪念屈原，可见他对于中国文化影响之深远。《文心雕龙》评价他的作品“衣被词人，非一代也”，并不过誉。他开启了中国诗歌的浪漫主义浪潮，对于后代诗人影响非凡。《九歌》就是屈原浪漫主义作品的一个证明，它环环相扣，首尾相应，是屈赋中最富魅力的作品。《九歌》共包括十一篇作品，每一篇作品皆是一曲祭歌，根据祭祀对象的不同，内涵和主旨有所变化。正是因为祭祀主题，《九歌》作品具有极强的宗教色彩。《湘夫人》是《九歌》中的一篇，与《湘君》为姊妹篇。

湘水是楚地最大的一条河流，湘夫人是湘水女神，湘君为其配偶男神。此篇名为《湘夫人》，却是以湘君的口吻叙事。秋风萧瑟，吹开了洞庭湖水的波纹，也卷起了岸边的落叶。湘君带着美好的心愿，在水边久久徘徊，等着湘夫人的出现。然而黄昏已至，佳人未至，那个心爱的人儿还是没有出现在他的视线。恍惚间，湘君听到了湘夫人的召唤，两人腾云驾雾，一起乘车而去，无比浪漫。水边香草茂盛，芬芳怡人，色彩斑斓，景色如此迷人。九嶷山的众神都在迎接着湘夫人，湘君才如梦方醒，浩浩水波，哪里有湘夫人的身影，有的只是浓浓的惆怅和化不开的相思之苦。全诗从湘君的期待与渴望写到失落忐忑，从事与愿违的伤感到爱情美梦中的喜悦与难以自持，最后再到不可相见的忧愁与难以割舍，感人肺腑，一气呵成。

有研究者认为《湘君》与《湘夫人》是同一乐章的上下两篇，两篇诗文互换角色，《湘夫人》为湘君之思，而《湘君》则描绘湘夫人临风久候湘君不至的那种哀怨与神伤。《湘君》结尾的“捐余玦兮江中，遗余佩兮醴浦。采芳洲兮杜若，将以遗兮下女。时不可兮再得，聊逍遥兮容与”与《湘夫人》结尾的“捐余袂兮江中，遗余褋兮澧浦。搴汀洲兮杜若，将以遗兮远者；时不可兮骤得，聊逍遥兮容与”甚至只有几字之差。在传说中，这对男女神相互爱慕，对对方有着深深的眷恋，却总是隔着水域难以相见，只能凭借着幻想与对方相聚。因而两首诗篇无不散发着挥之不去的忧怨与愁闷。

结合《湘君》和《湘夫人》看，两人实质上都没有爽约，只是约会时间上的误差导致了这起悲剧。但正是这样的等待与长时间的煎熬，可以让读者更深刻地体悟到湘君与湘夫人忠贞不渝的爱情、他们的坚持与执着、他们的不畏艰难与热情真诚，让所有读此诗篇的人们相信有情人终能成眷属。而两人之间爱情的神秘莫测使得全诗笼罩在一种飘渺奇幻、若隐若现的氛围之中，加强了诗中的宗教色彩。

与屈原的很多作品一样，《湘夫人》也有着浓厚的地方色彩。全诗的语言和描写对象，都是非常楚化的。在地理上，诸如“洞庭”、“沅”、“澧”、“湘”等皆是楚地水域，“白芷”、“白薠”、“薜荔”、“杜蘅”、“辛夷”等也带有楚国自然风情的特征，“搴”、“袂”、“褋”等也是楚地的方言词汇，而诗歌描绘的民俗特点和神话传说等更是建立在楚国的文化之上。楚文化以悲为美，《湘夫人》中的湘君深情款款、久等不至，使整首诗篇都沉浸在一种悲剧的氛围之中。楚地文化对于男女神爱情的期待往往十分浓厚，这也是当地取悦神灵的一种方式，渴望神灵相恋本就是对神灵的一种祝福。湘君与湘夫人之间真挚的情感正体现出这个文化心理。

替父出征

——《木兰诗》

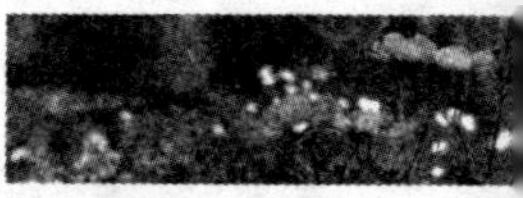

唧唧复唧唧，木兰当户织。不闻机杼声，惟闻女叹息。问女何所思，问女何所忆。

女亦无所思，女亦无所忆。昨夜见军帖，可汗大点兵，军书十二卷，卷卷有爷名。阿爷无大儿，木兰无长兄，愿为市鞍马，从此替爷征。

东市买骏马，西市买鞍鞯，南市买辔头，北市买长鞭。旦辞爷娘去，暮宿黄河边，不闻爷娘唤女声，但闻黄河流水鸣溅溅。旦辞黄河去，暮至黑山头，不闻爷娘唤女声，但闻燕山胡骑鸣啾啾。

万里赴戎机，关山度若飞。朔气传金柝，寒光照铁衣。将军百战死，壮士十年归。

归来见天子，天子坐明堂。策勋十二转，赏赐百千强。可汗问所欲，木兰不用尚书郎；愿驰千里足，送儿还故乡。

爷娘闻女来，出郭相扶将；阿姊闻妹来，当户理红妆；小弟闻姊来，磨刀霍霍向猪羊。开我东阁门，坐我西阁床，脱我战时袍，着我旧时裳，当窗理云鬓，对镜贴花黄。

出门看火伴，火伴皆惊惶：同行十二年，不知木兰是女郎。雄兔脚扑朔，雌兔眼迷离；双兔傍地走，安能辨我是雄雌？

（北朝）无名氏

花木兰替父从军的故事在中国可谓人尽皆知。她对父亲的孝心，对国家的忠心以及她在战场上所表现的智慧和勇气感动过无数中国人。《木兰诗》又名《木兰辞》，是非常著名的北朝民歌。它在文学史上具有重要意义，与叙事长诗《孔雀东南飞》并称为“乐府双璧”。

作为一首出色的叙述诗，《木兰诗》描写了木兰从军前到衣锦还乡的整个过程。诗歌开篇先传来一阵阵的织布声，随后指出是木兰在织布。她一边织布，一边叹气。原来可汗征兵，父亲榜上有名，而木兰没有哥哥。为了不让年迈的父亲受苦，木兰决定替父出征。

她备好战马，辞别爹娘，风餐露宿又风雨兼程。战马嘶嘶逐渐可闻，木兰终于到了战场。年复一年，战场厮杀，木兰受到天子表彰，衣锦还乡。亲人听闻木兰回家，喜不自禁，纷纷出迎。木兰恢复红颜，对镜整妆。战友相见，皆觉惊奇，同行十二年，不知木兰是女郎。

《木兰诗》的叙事很有特点，繁简合宜，详略得当。在木兰代父从军的故事中，诗歌只用“朔气传金柝，寒光照铁衣。将军百战死，壮士十年归”十六字简单概括了木兰在战场上十二年的生活，但是很多事件却写得不厌其烦。首先是木兰从军以前的心路历程。她织布时的满腹心事被描绘得非常细致，父母与木兰之间甚至还有“问女何所思，问女何所忆。女亦无所思，女亦无所忆”这样的一个相互问答，读者可以想象木兰对父亲从军的担忧，她下决定之前的思量与犹豫。其次详写的是她在市场上购买战马与装备的准备过程。通过木兰在东西南北四个市场的排比铺写，读者可以感受到她出征前的忙碌，也能从侧面感受到木兰考虑的全面、行事的稳健与一丝不苟，她在战马上的绝代风姿也能为读者所想象。之后详写的是木兰赶赴战场的过程。告别父母之后，征程漫漫，木兰风餐露宿，已经听不到父母亲切的呼唤，只有黄河之水浩浩汤汤，发出鸣鸣巨响，只有燕山胡骑彻夜嘶鸣，雄气啾啾。从这一段可见木兰在行军过程中的艰辛与孤独，而能够克服身体与心理上的重重困难，木兰的坚强与勇敢已经从中展现。最后木兰还乡后的情景，从父母、姐姐到小弟各自的反应以及木兰化妆打扮的过程，诗人都写得特别细致入微，可以体现每一个人物不同的身份，也能展现他们亲人团聚时愉悦的心情。这个部分表现了花木兰一家的天伦之乐以及木兰的女儿之态，表现了世人心目中那个英姿飒爽的巾帼英雄的另一面。

若是单纯写木兰在战场上如何勇敢杀敌，虽然能展现木兰的英勇，却失之血肉，木兰的形象也会英武有余，灵气不足。而《木兰诗》这样的繁简安排配合诗人在诗歌中综合运用的多种描写方式，更生动地表现了人物的性情，木兰的孝顺、勇气、担当跃然纸上，她的形象也更为丰满可爱。另一方面，诗歌这样的着眼点是民歌生活化特色的一个表现。最生活才最真实，《木兰诗》在表现木兰与父母、木兰与姐弟的亲情上着墨不少，这样的安排使得诗歌更为深入人心，《木兰诗》也在民间广为传唱。

罗敷智拒太守

——《陌上桑》

日出东南隅，照我秦氏楼。秦氏有好女，自名为罗敷。

罗敷喜蚕桑，采桑城南隅；青丝为笼系，桂枝为笼钩。

头上倭堕髻，耳中明月珠；缃绮为下裙，紫绮为上襦。

行者见罗敷，下担捋髭须；少年见罗敷，脱帽著帩头。

耕者忘其犁，锄者忘其锄；来归相怨怒，但坐观罗敷。

使君从南来，五马立踟蹰。使君遣吏往，问是谁家姝?

“秦氏有好女，自名为罗敷。”“罗敷年几何?”

“二十尚不足，十五颇有余。”使君谢罗敷：“宁可共载不?”

罗敷前致词：“使君一何愚！使君自有妇，罗敷自有夫。

东方千余骑，夫婿居上头。何用识夫婿？ 白马从骊驹；

青丝系马尾，黄金络马头；腰中鹿卢剑，可值千万余。
十五府小吏，二十朝大夫，三十侍中郎，四十专城居。
为人洁白皙，鬑鬑颇有须；盈盈公府步，冉冉府中趋。
坐中数千人，皆言夫婿殊。”

（汉朝）无名氏

《陌上桑》出自汉乐府古诗，是汉代一首广为流传的五言乐府诗歌，最早收录在南朝沈约编撰的《宋书·乐志》上，当时题为《艳歌罗敷行》。诗歌讲述了美女罗敷怒斥花心太守的故事。罗敷貌美，一日她在城南隅采桑，一位“使君”路过，垂涎她的美色，问她是否愿意坐他的车跟他而去。罗敷断然拒绝了这位花心的男子，还把自己的丈夫夸奖了一番。

在《诗经》中，因为采桑之处往往有女子来往，于是桑林成为了男女幽会的极佳场所，可见在桑叶的遮蔽之下桑树地是一个较为独立的环境。《陌上桑》的故事也发生在桑林这样一个颇让人产生遐想的地方。对于罗敷的人物塑造就是在这样的环境中展开的。首先，罗敷喜欢采桑，是一个劳动者，这就使得这个女孩具有了勤劳、淳朴、健康的气息。接着是通过他人见到罗敷的反应写她在外貌上的出众。诗歌到此处，一个拥有美貌与勤劳品质的女孩儿已经让读者颇有好感。诗歌最后就是她与太守的对话了。这段对话占据了诗歌近一半的篇幅，从中读者得以了解到秦罗敷是一个十几岁的花季少女。她严词拒绝了太守，还不遗余力地夸赞着她的丈夫。从她夸赞的语言中，我们可以从夸张的描绘中感受到也许她的丈夫并不真实存在，就算她已经成婚，她的丈夫在公众眼中可能也没有如她口中这般出众。但从她这样的回答中，我们可以感受到罗敷对于爱情的渴望与真诚。而从她的伶牙俐齿中，罗敷不畏权势、聪明睿智的人格魅力也得以彰显。

太守这个人物历来是《陌上桑》中批判的对象。他在路上碰到罗敷这样的美女就仗着自己的权势厚颜无耻地想要邀请她同车而行，其中的居心自然不会纯洁。他这样的言行也与之前淳朴的劳动者形成了鲜明对比。他们喜爱罗敷，但不会用不当的语言亵渎她的美丽，未婚的青年也只是渴望通过自己的举动引得佳人关注。在这样的反差下，这位太守不合礼法的占有之心自然成为了众人批判的对象。然而，在罗敷一番奚落之后，太守并没有执着于他的贪婪之心，也没有采取强硬手段，反而有了羞愧之心。从这个角度来看，这位太守虽垂涎于美色，但也不是什么大恶之人。

《陌上桑》的喜剧色彩非常浓厚。诗歌开头介绍罗敷，写她的美貌，运用了轻松而夸张的笔调。在一片桑林之中，罗敷穿着美丽的衣裳，梳着漂亮的发饰，戴着明亮的耳环。为了衬托罗敷之美，作者还安排了众多“路人”。过路的人因为贪看罗敷美貌放缓了脚步，少年见了罗敷摘下了帽子重整头巾，渴望引起美人的注意，耕地的、锄地的百姓都停下了手上的劳动，以至于耽误了工作的进度。

这一部分的描写中，这些“路人”夸张的反应有些可笑，但又饶有趣味。诗人用他人夸张的表现衬托了罗敷的美貌，让读者对这位女主角展开了丰富的联想。而其后在罗敷拒绝太守的言语中，罗敷的表现也颇能博人一笑。她一上来就用“一何愚”怒骂太守，其后滔滔不绝从外形到事业讲述自己的丈夫如何出类拔萃，这样爱慕夫婿的小娘子样实在是可爱至极。句句夸赞丈夫的同时罗敷也在句句奚落嘲讽太守，打击着太守的优越感。罗敷这样的回答也颇有智斗坏人的民间故事趣味，具有很强的喜剧效果。

黑暗政治

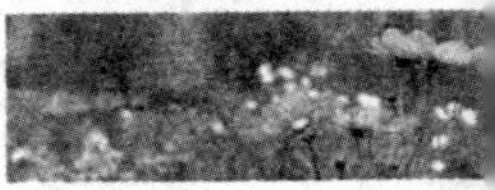

——《鸡鸣》

鸡鸣高树颠，狗吠深宫中。荡子何所之？天下方太平。刑法非有贷，柔协正乱名。

黄金为君门，璧玉为轩堂。上有双樽酒，作使邯郸倡。刘王碧青甓，后出郭门王。

舍后有方池，池中双鸳鸯。鸳鸯七十二，罗列自成行。鸣声何啾啾，闻我殿东厢。

兄弟四五人，皆为侍中郎。五日一时来，观者满路旁。黄金络马头，颎颎何煌煌！

桃生露井上，李树生桃旁。虫来啮桃根，李树代桃僵。树木身相代，兄弟还相忘。

（汉朝）无名氏

《鸡鸣》是著名的汉乐府古辞，选自《宋书·乐志》，在《乐府诗集》中属于《相和歌辞·相和曲》。全诗共五章，每章六句，每句五字，表现了当时社会的贫富悬殊与强烈的社会矛盾，反映的是汉代统治阶级内部争夺的黑暗以及人民群众对于黑暗统治的痛恨之情，具有很强的现实意义。

诗人开篇先描绘了皇宫中的情景：“鸡鸣高树颠，狗吠深宫中。”古代诗人常常以动写静，深夜鸡鸣狗吠，在一般情况下表现的都是宁静祥和之景。而鸡鸣狗吠的地点却在深宫之中，宫廷肃穆，难闻鸡鸣狗吠之声，因而诗人在这里就颇有所指了。其后写“荡子”，“荡子”自然不是可以安居乐业、能够勤勤恳恳之人。他们能够享受荣华富贵，也会遭致祸端，为后诗做了铺垫。当时天下尚属太平，能安抚顺从之人，也能严惩败坏纲纪之人，可见当时法律法规尚有约束作用，天子掌握着生杀大权。

之后的第二、第三章，诗歌描写了达官贵人奢靡的生活。他们的房屋金成玉就，富丽堂皇，又有亭台楼阁、奇珍异兽，美丽非常。府中丝竹不绝，宴饮难歇。这样奢侈的生活显示了他们沉迷于对生活的享受，而这样的生活自然需要大量的金钱支持，而金钱的来源自然是民脂民膏。可以想象，沉浸于如此生活的人必然追求物质上的享受，这样的官员可以为百姓带来什么？因此这几句诗也反映了平民与达官贵人之间巨大的贫富差距，暗藏着诗人极大的不满。

诗的第四章写朝廷官员中弟兄同佐要职，他们出入阵仗惊人，派头十足。而据《汉书》记载“侍中中郎将王商，侍中卫尉王凤，侍中太仆王音，侍中骑都尉王莽”，这王氏兄弟四人确实同朝为官，身居要职，可见《鸡鸣》所言非虚。

诗的第五章以桃李之义对比兄弟之情。桃树与李树相依而生，虫子啮咬着桃树，李树却愿意代替桃树而亡。树木尚愿为对方舍身而死，共赴患难，但那些曾经同富贵的兄弟呢？当风雨来临的时候，他们的选择是趋利避害，树倒猢狲散。如此只能同富贵却不能共患难，可叹世态炎凉，兄弟与兄弟之间的情感如此脆弱，竟然连树木都比不上。而“李代桃僵”这个成语也得以流传下来，只是意思稍有改变。李代桃僵成为三十六计之一，意为用小代价换取大胜利。后世也有互相顶替或代人受过之意。黄遵宪诗《感事》就有“芝焚蕙叹嗟僚友，李代桃僵泣弟兄”之句。当时发生政变，康广仁为通知其兄康有为出走而自己被逮捕，最后壮烈牺牲。

正如《三国演义》卷首语所言，天下大势分久必合，合久必分。封建社会朝代更迭，历代文人也常于社会动乱、衰相显露之时留下了不少传世诗篇。但无论是曹操写董卓之乱的《薤露行》，还是杜甫的“朱门酒肉臭，路有冻死骨”，或者是曾国藩的“荡荡青天不可上，天门双螭势吞象”都是直接地反映或者批判，鲜少有如《鸡鸣》这样有些语焉不详，需要细细品味、思考的诗歌。

总体而言，诗人在表现《鸡鸣》这首诗的社会现实意义时还是比较含蓄和隐晦的，全诗除了末尾也没有出现明显的贬义词。在表现这些深层涵义时，诗人运用了反衬对比、明刺暗讽等艺术手法，并通过这些艺术手法的综合运用来实现主旨的表达。诗人口口声声说着“天下方太平”，然而就算法制还有效力，有了这样腐败的官员，有了这样险恶的人心，这样的太平还能持续多久？如此，再回头看诗篇开头的那句“鸡鸣高树颠，狗吠深宫中”，其中的讽刺之意就显而易见了。这哪里是一派和平气象，分明是鸡鸣狗盗的乱世前奏。“鸡鸣”预示着日出东方，天将要大白，然而身在这样的乱世中，无辜的百姓们何时才能迎来真正的黎明？

可望不可即

——《迢迢牵牛星》

迢迢牵牛星，皎皎河汉女。
纤纤擢素手，札札弄机杼。
终日不成章，泣涕零如雨。
河汉清且浅，相去复几许。
盈盈一水间，脉脉不得语。

（东汉）无名氏

《古诗十九首》由南朝萧统选编，作者已经无法考证。这十九首诗大多写于东汉末年，彼时社会矛盾尖锐，战争频发，底层人民面临着水深火热的痛苦。因此，诗歌在内容上大多反映作者的羁旅愁怀，诗歌主人公多游子思妇。《古诗十九首》反映了汉末文人在社会大动荡中的心灵历程，语言朴素自然，刻画深入真切，具有很高的文学价值。《古诗十九首》是在汉乐府的基础上创作而成的，诗歌均为五言，因此对后世五言诗的发展具有很大的推动作用，标志着文人五言诗的成熟。《文心雕龙》称之为“五言之冠冕”，钟嵘赞其“天衣无缝，一字千金”。明代王世贞更称之为“千古五言之祖”。

《迢迢牵牛星》是《古诗十九首》中流传最广的一首，诗名取自诗歌第一句。银河两边，牛郎织女，隔河相对。河那边，织女纤纤细手正在织布，织机发出札札的织布声，然而心怀牛郎的她忙碌一日却收获甚少。泪眼滂沱，泪如雨下，心内满满地想着那个人，想着那条又清又浅的银河，隔断了多少欢聚和美梦，手指下的织布机就再也推不动了。牛郎织女，相望泪眼，却难执手。

作为中国民间四大爱情传说之一，牛郎织女的故事在中国可谓人尽皆知。他们相爱而不能长相厮守，只能隔着宽阔的银河远望，期待在每年的七月初七通过鹊桥见上一面，互诉衷肠。早在先秦时期，已经有牛郎和织女的记载，可见这个传说历史之悠久。《诗经·小雅·大东》有言：“跂彼织女，终日七襄。虽则七襄，不成报章。睆彼牵牛，不以服箱。”曹丕的《燕歌行》也提及了牛郎织女：“明月皎皎照我床，星汉西流夜未央。牵牛织女遥相望，尔独何辜限河梁。”曹植在《洛神赋》中写道：“叹匏瓜之无匹兮，咏牵牛之独处。”他的《九咏》也对牛郎织女有所提及：“临回风兮浮汉渚，目牵牛兮眺织女。交有际兮会有期，嗟痛吾兮来不时。”

《迢迢牵牛星》一诗共五十字，前两句使用了互文的手法，以第三人称的口吻点出故事的主人公牛郎和织女。接着四句皆写织女织布的场景而不提牛郎，巧妙地化用了《诗经·大东》中的“跂彼织女，终日七襄，虽则七襄，不成报章”，实际上又句句不离牛郎。“终日不成章，泣涕零如雨”是全诗的转折，向读者提出了一个疑问：织女为何织不成布，为何泪如雨下？答案当然在于牛郎。这样点出却不说明的写法亦如一个娇羞含情的女子，默然不语却格外惹人怜爱。诗歌的最后四句则抒发了作者对两人悲剧命运的哀叹：河水清浅却不可逾越，可望不可即之伤多么悲痛。末两句“盈盈一水间，脉脉不得语”最为经典，“盈盈”一词让人看到了一个望穿秋水的织女。她的泪眼朦胧，她的含情脉脉哀怨而不颓废，情感之强烈跃然纸上，让人感慨万分。

《迢迢牵牛星》一诗的节奏和韵律也向来为人所称道。此诗不但一韵到底，随韵成趣，还运用了很多叠词。“迢迢”与“皎皎”，“纤纤”与“札札”，“盈盈”与“脉脉”两两对仗，都是诗句的开头两字，读来如行云流水，具有极强的音乐节奏之美。“迢迢”是遥远的意思，点出了星空的距离，“皎皎”是星空的光线，写极了灿烂。这样的叠词使诗歌的意境更加开阔，遥远而灿烂的星空，郎才女貌的牛郎织女在诗歌的画卷中慢慢浮现在读者脑海中；“纤纤”

写织女双手之白皙美好，柔弱女子，楚楚动人，令人生怜。“札札”是象声词，为织布机所发出，为整个画面添加了声音，形声兼备，使其更加生动饱满；“盈盈”与“脉脉”这两个叠词的运用历来最为评论家所称道，盈盈之流水，脉脉之神态，使得那条灿烂的星河成为了悲情的泪水，仿佛整条银河都是伤情之人眼中所流，汇聚成河，这样的一条河流承载了一个女人全部的爱情和伤感。那个含情脉脉的女子空含满腔思念，衷肠难以倾诉，这样情景交融的画面，如何不让人动容？

可以想象，相隔的河水对于织女来说是多么难以逾越。但是在不得语之前，在脉脉之中，面对人生的无望，她也挣扎，她也在尝试着反抗和对话。在这个层面上，诗歌也体现了人生的一种境界，是诗人内心面对绝境的无奈和悲哀。

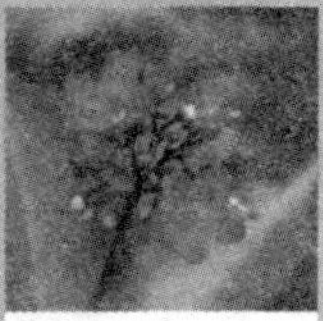

辑二 / 华丽的骈文辞赋——魏晋南北朝

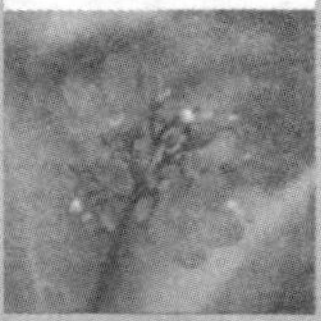

这是中国历史上政权更迭最频繁的时期，也是中国文化繁荣大发展的时期：建安风骨，魏晋名流，还有南北朝的文学新变。他们关注政治，也懂得娱乐。正是在这个时期，中国的文学悄然发生着改变。

乐极生悲

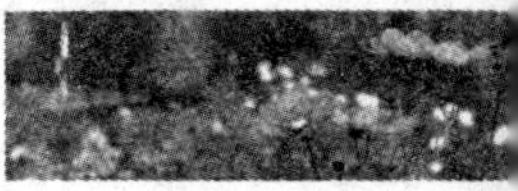

——《箜篌引》

置酒高殿上，亲友从我游。中厨办丰膳，烹羊宰肥牛。
秦筝何慷慨，齐瑟和且柔。阳阿奏奇舞，京洛出名讴。
乐饮过三爵，缓带倾庶羞。主称千金寿。宾奉万年酬。
久要不可忘，薄终义所尤。谦谦君子德，磬折欲何求。
惊风飘白日，光景驰西流。盛时不可再，百年忽我遒。
生存华屋处，零落归山丘。先民谁不死？知命复何忧。

（三国）曹植

在建安文学中，曹植注定是一颗难以被人遗忘的明星。他的诗歌哀而不伤，温丽悲远，诸如《白马篇》、《七哀诗》等；他的文赋天才流丽，思风遒举，也留下了诸如《洛神赋》这样的传世名篇，可谓建安文学的集大成者。他与其父曹操、其兄曹丕并称为“三曹”，文采实为“三曹”之首。谢灵运评价曹植“天下才有一石，曹子建独占八斗”，这便是“才高八斗”的来源。钟嵘《诗品》言及曹植诗文：“其源出于国风。骨气奇高，词彩华茂。情兼雅怨，体被文质，粲溢今古，卓尔不群。”李白也曾评价曹植：“曹植为建安之雄才，惟堪捧驾。天下豪俊，翕然趋风，白之不敏，窃慕高论。”

这首曹植的《箜篌引》是一首游宴诗。题中的“箜篌”又称“坎篌”，是我国一种古老的民族乐器。据考证，《箜篌引》是古代朝鲜的一首民间歌谣。另据东汉蔡邕《琴操》记载《箜篌引》为琴曲“九引”之一，是著名的古琴曲目。庄曜教授在 1999 年根据李贺的《李凭箜篌引》创作了古筝曲《箜篌引》。

高殿之上摆放着好酒，亲友与我一同宴游。厨师烹羊宰牛，置办了可口的菜肴。秦之古筝如此激昂，齐之琴瑟如此婉转。还有阳阿那美妙的舞蹈，还有京洛那著名的歌谣。乐声舞蹈之中我饮酒三杯，解开衣带尽享美味佳肴。主人宾客互祝岁月美好绵长。老朋友不能忘记，始厚而终薄非道义所容。君子那谦虚的美德啊，并不是因为他心有所求。那风在白日里呼啸而过，连太阳也慢慢向西远走。年轻的岁月怎会再来，我的百年时光也将走尽。在繁盛的屋室中生长，零落之后还是会回到山丘。从古至今谁无一死？如此了解命运的我们还有什么可以忧愁?

整首《箜篌引》大致可以分成前后两个部分。第一部分是诗人与亲友尽情宴饮,享受着美酒佳肴、欢歌曼舞。在这一部分中,诗人的心情显然是愉悦的、尽兴的,他与自己的朋友们共度着美好时光,主客相酬,祝愿未来。而在这样欢快的气氛中,诗人却笔锋一转,由乐转悲。他感叹人生苦短,盛时不可再,对时间的流逝变得异常敏感。当然,诗人能清醒地认识到人终有一死,所以在诗的末尾,他又安慰自己,既然了解命运,那又有什么可以担忧?此刻,诗人的心又恢复了平静。而此刻,诗歌开篇时那种与友人宴饮的欢乐已经荡然无存了,而正是因为诗歌开篇时的极度欢乐,让曹植的悲伤更显悲怆,忧愁更显苦痛。

一首《箜篌引》,诗人由快乐转为忧伤,又从忧伤恢复平静。令诗人改变心境的关键就是他对岁月光阴的感叹。这首诗写于曹植早期,时间大约在建安十六年至二十一年间。众所周知,由于哥哥曹丕继位后对他有所猜忌,曹植在政治道路上走得非常坎坷,甚至几次面临死亡危险,空有一身才学的他可谓报国无门。但这首《箜篌引》创作之时,曹操在位,太子未定,曹操对曹植几多期许,对这个有才气的儿子亦十分宠爱。在这样的背景下,正值青春年少的曹植似乎没有必要杞人忧天,写下这样略带悲壮的诗篇。然而,细究之下,我们可以发现,对岁月逝去的感叹正是表现了他急于建功立业之心。他门下有众多门客,结交的能人异士也绝非少数。他希望这些与他亲近的朋友可以与他忧患相济，共同建立一番大的功业。建功之心越强，曹植便越会感叹岁月之短。

另一方面，这种极乐转悲的笔调是与当时文坛的整个风气息息相关的。建安文学产生在天下动荡的时代，战乱不断，民生疾苦。“世积乱离，风衰俗怨”的时代背景也让建安文学充满了慷慨悲凉之气。作为建安文学的代表，曹植诗歌的悲壮之气亦是相当显著。王士祯在《带经堂诗话》感叹：“汉魏以来，二千余年间，以诗名其间者众矣。顾所号为仙才者，唯曹子建、李太白、苏子瞻三人而已。”这样的“仙才”，实在令人倾慕。

化风入君怀

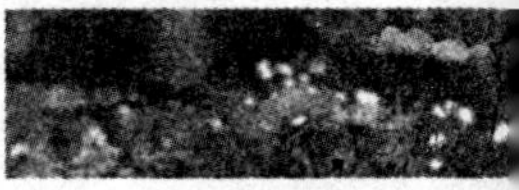

——《七哀诗》

明月照高楼，流光正徘徊。上有愁思妇，悲叹有余哀。
借问叹者谁？言是宕子妻。君行逾十年，孤妾常独栖。
君若清路尘，妾若浊水泥。浮沉各异势，会合何时谐？
愿为西南风，长逝入君怀。君怀良不开，贱妾当何依？

（三国）曹植

《七哀诗》写于汉末，有鲜明的民间色彩。汉末战争纷起，社会动荡，在战场上有思乡的战士，在路途中有逃亡的百姓，人民无法安居乐业，这是《七哀诗》产生的社会原因。因此以此为题的作品往往伴随着战争与衰亡，描绘客观真实、细致入微，体现了诗人的一片悲天悯人之心。而这些较为写实的内容具有记录时代的作用，这也是《七哀诗》的重要意义所在。“哀”有社会动乱之哀，也有内心的情感之恸，历来以此为题也留下了不少优秀之作，比如建安时期的王粲和曹植，晋朝的张载，唐朝著名诗人杜甫，明末清初的王马为等。

曹植的这首《七哀诗》先用“兴”的手法表现环境。“明月照高楼，流光正徘徊”描绘了一幅清丽的画卷，节奏非常缓慢。明亮的月光照在高高的亭楼上，思妇彻夜未眠，呆呆地望着月亮。随着月儿的移动，那月光如思妇的心绪仿佛也在徘徊，惹得她忍不住悲叹起来。随后诗歌以问答的形式展开，诗人出场，问那个哀叹的人是谁。接下来诗人以一个倾听者的身份了解了她的故事：“君行逾十年，孤妾常独栖。君若清路尘，妾若浊水泥。浮沉各异势，会合何时谐？”原来，丈夫离开已经有十几年了，思妇一个人常常感到孤独无依。若夫君是那路中的清尘，她就自比是污浊的水和泥。清尘和污水泥一个飘浮一个沉淀，他们俩什么时候才能相会在一起？最后，思妇表达了自己的迫切之心：“愿为西南风，长逝入君怀。君怀良不开，贱妾当何依？”她愿意在这份爱情中牺牲自己，化作一缕清风，消失在丈夫的怀抱之中。然而她也自然明白，夫君的怀抱早已不向她敞开，她还有什么可以依靠的呢？

这首《七哀诗》被曹植之笔写得凄怨悠长，一个执着于感情苦苦等待的妇人跃然纸上。她对丈夫绝无二心，一等就是十几年，尽管在这份爱情之中，她一直是那么卑微。清尘和污水泥一个在上，一个在下，她对于丈夫一直是一种仰望的心态，明白自己在这场爱中注定无法拥有，因而这种哀怨是多么深刻。但这个深情的女人愿意付出，愿意牺牲。她愿意化作没有形态的西南风，只为能够拥有夫君的一个拥抱。然而，即使这样，丈夫的怀抱也许也不会向她打开，她始终是那么无依无靠。说到此处，那种无力、苦闷以及抑郁缠绕着这个女子，如那清冷的月光照耀着那孤寂的楼，无法摆脱，无法消散。“愿为西南风，长逝入君怀”是此诗中获得评价最高的句子。西南风是夏日之风，在炎炎夏日送来一阵凉风自然是一种惬意的享受，意味着思妇愿意用感情为丈夫付出。而“长”可见这阵风的绵长，也正是少女情感之悠久。然“逝”又意味着死亡，她的爱是以自身的毁灭作为代价的，可见这份情感是多么沉重了。仲夏之夜，长风扑面，这样的表达柔美中带有献祭的神圣，过目难忘。

既然《七哀诗》是写弃妇对丈夫的思念，那么曹植为什么要创作这首《七哀诗》呢？显然曹植意不在此。元朝刘履在《选诗补注》中说：“《七哀》诗比也。子建与文帝同母骨肉，今乃浮沉异势，不相亲与，故以孤妾自喻，而切切哀虑之也。”著名学者叶嘉莹也说：“曹植《七哀诗》中的女子，不是现实中的弃妇，他是用弃妇来作象喻。”曹植作品前期与后期在主题和情感上有着重要分别，而这首《七哀诗》创作的时间据考证是在黄初年间，当时曹丕已经即位，并对他的兄弟进行了一连串政治打击：诛杀曹植好友，禁止曹植与诸王联系，派人监视曹植行动。曹丕与曹植的关系就好比是丈夫与那思妇，一天一地，再难交心。尽管曹植有心为国家为曹丕付出，曹丕却不会接纳他的兄弟。对于曹植这样才情万丈、曾经壮志满怀的人而言，这是一件多么悲伤的事情。他能做的，无非是寄情于诗，表达他心中的哀怨与抑郁罢了。

忧思伤怀

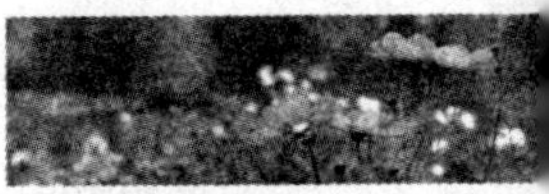

——《咏怀八十二首（其一）》

夜中不能寐，起坐弹鸣琴。
薄帷鉴明月，清风吹我襟。
孤鸿号外野，翔鸟鸣北林。
徘徊将何见？忧思独伤心。

（三国）阮籍

阮籍是三国时期魏国的著名诗人。他从小家境贫寒，但十分勤奋好学，尤好《老》、《庄》，为人狂放不拘小节，极具人物个性。阮籍也是“竹林七贤”中文学成就最高的，他的诗歌“悲愤哀怨，隐晦曲折”，并经常运用讽刺、比兴等手法，是正始之音的代表。他最突出的成就在于五言诗的创作，其中以《咏怀》八十二首最为有名。他的散文和辞赋也得到了评论家的好评，最具代表性的作品为《大人先生传》，笔锋辛辣，极具风格。此外，阮籍崇尚老庄思想，对于魏晋玄学的发展具有重要作用。他的性情、轶事也为后代所关注，在文学作品中屡屡被提及。

阮籍的《咏怀》八十二首是最早的抒情组诗，均为五言，创作时间贯穿阮籍一生，因而在内容上和思想情感上有所不同。这样的形式开创了先例，对左思的《咏史》、陶渊明的《饮酒》、庾信的《拟咏怀》、李白的《古风》等抒情组诗的出现具有深刻影响。而他的诗歌在思想情感和艺术形式上也十分突出，获得了“忧时悯乱，兴寄无端，而骏放之致，沉挚之词，诚足以睥睨八荒，牢笼万有”的极高评价。

本诗乃《咏怀》八十二首的第一首。“夜中不能寐，起坐弹鸣琴”，夜深了，诗人却难以入眠，于是他索性披上外衣，想弹一首动听的曲子。诗歌开篇，阮籍就将读者带入一个幽静的夜晚。他独自一人，无人陪他一起度过这难熬的夜晚，也没有人听他弹奏的动人琴音。明亮的月光洒在薄帷上，夜里的清风微微吹开了他的衣襟。这一句的意境与唐朝诗人王维的《竹里馆》有相似之处：“独坐幽篁里，弹琴复长啸。深林人不知，明月来相照。”同样是深夜孤独一人，同样是被明亮的月光照耀着，同样是在夜晚弹奏着乐曲。在那个安静的夜晚，阮籍和王维都是孤独的。王维的孤独还有那似解人意的明月来排解，让这样的夜晚充满了怡然自得的悠闲与快乐，而阮籍的孤独无人聆听。在诗句中，诗人运用“起坐”和“弹鸣琴”这样的行为描写表达自己内心的烦闷，用清丽的明月诉说着他的高洁品质。清风吹过，让这个夜晚更加寒冷，也让冷意深深地穿透诗人的内心。明月清风原是多么惬意的享受，而在阮籍的笔下，这样的意象已经充满了忧愁。这一切，只能够由他自己来承受。

“孤鸿号外野，翔鸟鸣北林。徘徊将何见？忧思独伤心。”孤独的鸿雁在这广袤的原野上号叫着，惊起了一群鸟儿鸣叫在北边的树林。诗人来来回回徘徊已久，会有什么来出现？却原来只是忧伤画面，惹得诗人独自伤怀。在前面的几句诗中，诗人已经通过行为描写与景物描写表达了他的孤独与愁闷，而在这几句诗中，诗人充分调动了读者的视觉和听觉。“孤鸿”、“翔鸟”都是飞禽，又是诗人的自比。一只鸿雁孤独地飞翔在黑夜之中，林中的鸟儿甚至在深夜中受到惊吓被惊起。在《诗经·秦风·晨风》中有“鴥彼晨风，郁彼北林。未见君子，忧心钦钦”的句子。“北林”在此化用，似乎正诉说着诗人内心的绵绵忧思。而“北林”的出现，将开篇的室内视野转向室外，意境更为开阔，而环境也更为清幽凄冷。末两句，诗人的笔调将景物转向了自己，因此情感的抒发也更为直接，那种孤独和伤感在诗的结尾得以无限延长，意味无穷。

那么，诗人的“忧思独伤心”到底是忧思着什么，为什么而感到伤心？阮籍性情向来狂放不羁，性喜饮酒，常常酒醉不醒。其实这正是他在强烈的政治斗争中进行自我保护的一种方式。而一个喜欢独自饮酒的人在内心深处也必然是孤独的，他渴望用这种方式逃避现实，排遣自己内心的苦痛。结合这首《咏怀》诗，阮籍诗中曲折表达的那种孤独与郁闷虽然没有确指，但也就不难理解了。

阮籍的这首《咏怀》诗将借景抒情与直抒胸臆相结合，语言简洁而意味无穷，得到了评论家的极高评价。王夫之认为它“如晴云出岫，舒卷无定质”，钟嵘更是在《诗品》中评价其诗“言在耳目之内，情寄八荒之表”。而这样一首优美的诗歌，确实没有辜负这些评价。

千里相许

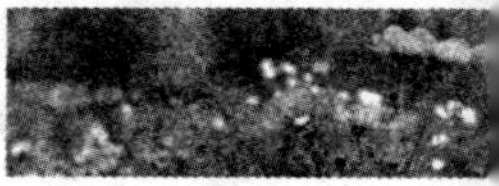

——《江上曲》

易阳春草出，踟蹰日已暮。

莲叶尚田田，淇水不可渡。

愿子淹桂舟，时同千里路。

千里既相许，桂舟复容与。

江上可采菱，清歌共南楚。

（南朝）谢朓

谢朓与南朝宋时著名的山水诗人谢灵运乃是同族，二人并称“二谢”。李白的诗歌名篇《宣州谢朓楼饯别校书叔云》“蓬莱文章建安骨，中间小谢又清发”中提及的“小谢”即为谢朓。谢朓为竟陵八友之一，在文学上，他与沈约等人共创“永明体”，严守四声八病之说，强调声韵格律，对于纠正之前诗歌过于晦涩的诗风和对近体诗的形成有重要贡献，因而对后世诗人有着不同程度的影响。谢朓擅长山水诗创作，他的诗歌风格清俊，情景交融。由于对诗歌韵律十分重视，其诗朗朗上口，悦耳动听，广为流传。

谢朓的这首《江上曲》以第一人称的视角表现了一位妙龄少女大胆追求爱情的心迹，是一曲动人的小情歌。“易阳春草出，踟蹰日已暮。莲叶尚田田，淇水不可渡。”易水北岸，春草悄生，冬天的痕迹早已散去。春日已经到来，一位少女踟躇在水边，徘徊不前，望着那碧绿的河水，不知不觉就已经是日暮时分。时光流逝，她眼前出现了那田田的莲叶，荷叶紧紧相依，绿了满江水。然而这绿波荡漾的淇水，阻隔重重，她又该怎么渡越？在这几句诗中，少女一直在江边徘徊，从清晨到日暮，由暖春到炎夏。她的心中似乎有一种执念，有一种难以言说的期待。

她在等待着什么？在这里，“莲叶尚田田”化用了汉乐府《江南》中的“莲叶何田田”。在诗词中，江南一带常会以男女一起采莲共歌表达爱情，漫天的莲叶已有爱情象征的意味。而谢朓化用民歌，使得诗中有了采莲女采莲高歌的意境，多么清新自然，多么活泼有趣。这样的写法不同于玄诗的晦涩，显得平易浅近且富有神韵。事实上，诗歌提及的易水和淇水也并非实指。《诗经·氓》曰：“送子涉淇，至于顿丘。”“淇水汤汤，渐车帷裳。”“淇则有岸，隰则有泮。”其一写女孩送别男子的依依惜别之情，其二是回忆自己出嫁的情景，其三则比喻事物有终点。因此，如巫山一样，“淇水”也成为了爱情的象征，“淇水不可渡”意味着少女勇敢追求爱情时遇到的心理障碍。我们可以想象一位渴望爱情的姑娘，正在踟蹰犹豫，一边鼓励着自己要勇于争取，一边又娇羞满面，脸色绯红。岁月流逝，她还在水边等待着爱情，而这种对爱情的渴望也逐渐在积淀，快要满溢不可阻挡。

“愿子淹桂舟，时同千里路。千里既相许，桂舟复容与。江上可采菱，清歌共南楚。”盼着盼着，少女终于等到了她心目中的那个他。他乘着桂舟，拨开层层绿水，风度翩翩，似从千里之外而来。她一眼就爱上了这个美好的男子，由衷地发出心愿：“请你在这儿停下你的船吧，也停下你漫长的旅程。让我们同舟共载，在这江上一边采菱，一边歌唱，让这清亮的歌声，随着我们一路而行。”这在水边苦苦等待着爱情的女孩，一遇到意中人就如此炽热地表达着自己。她与他甚至不曾相识，他或许已经心有所属，可她却义无反顾地表达着自己，这样的直率坦白，这样的热烈真切，这样的亲切可爱。这里的“江上可采菱”也是对《江南》“江南可采莲”的化用，表现了少女对爱情的想象，与上文相呼应。这四句诗中，五、八两句和六、七两句还运用了顶针手法，环环相扣，朗朗上口，意蕴无穷。

谢朓的诗歌得到了大诗人李白的极力推崇。王士祯《论诗绝句》中也说：“青莲才笔九州横，六代淫哇总废声。白拧青山魂魄在，一生低首谢宣城。”李白号青莲居士，谢宣城即为谢朓。李白才气纵横，被称为“诗仙”，是中国文学史上数一数二的大诗人，他却穷其一生以仰望的姿态读谢诗。“解道澄江净如练，令人长忆谢玄晖”，“我家敬亭下，辄继谢公作”，“谁念北楼上，临风怀谢公”，“我引谢朓诗上语，朔风飒飒吹飞雨”，“明发新林浦，空吟谢朓诗”……李白的这些诗句无不在怀念谢朓，赞美谢朓。从这个角度，我们也能感受到谢朓诗歌对后世影响之深远了。

还望故乡

——《晚登三山还望京邑》

灞涘望长安，河阳视京县。
白日丽飞甍，参差皆可见。
余霞散成绮，澄江静如练。
喧鸟覆春洲，杂英满芳甸。
去矣方滞淫，怀哉罢欢宴。
佳期怅何许，泪下如流霰。
有情知望乡，谁能鬒不变？

（南朝）谢朓

《晚登三山还望京邑》是著名南朝诗人谢朓的代表作之一，也是他现存 170 多首诗作中流传最广，最受好评的一首。这是一首山水诗，写于齐明帝建武二年，当时谢朓担任宣州太守。这也是一首登高之作。在这首五言古诗中，谢朓描绘了一幅绚丽多彩的京城日暮江景图。

“灞涘望长安，河阳视京县”。诗歌首句就化用了王粲《七哀诗》中的“南登霸陵岸，回首望长安”，第二句则借用潘岳《河阳县作诗二首》其二中的“引领望京室，南路在伐柯”。诗人开篇就将读者带入了历史隧道，也带入了王粲和潘岳诗歌的意境和情绪，一者伤感哀叹，一者有所感怀。谢朓的这两句诗仿佛带着历史的记忆，有着丰厚文化积淀。这样诗句总是能够调动读者的联想，忍不住猜测诗人此番登山望见了什么，会有什么感怀。

“白日丽飞甍，参差皆可见。余霞散成绮，澄江静如练。喧鸟覆春洲，杂英满芳甸。”此六句便为诗人登高所见之景，且写得富有层次。诗人远眺，宫宇楼阁的屋檐飞耸，被夕阳染上了绚丽明亮的色彩，更显辉煌灿烂。那里的屋宇参差不齐，一派繁华气象，十分壮丽。谢朓用这仅仅十个字就勾画了房屋密集、错落有致的景象，而他实际上着笔的只是几笔疏淡的飞檐而已。角度之精准，由此可见。而这些屋宇中自然也有诗人的旧居，这也能令读者想象他远观时的专注与凝神，感受到他内心带着回忆的忧愁。当“白日”随着时间的推移成为了“余霞”，夕阳已西下，绚丽的彩霞柔柔地铺在天空上如彩锦一般，清澈的江水平静如一条白绸。正因为江水澄净，我们能想象江面上倒映的彩霞正与天空交相辉映，展现出极其炫目的色彩。这样的景色在诗人的描绘下显得那么温柔美好，安静怡人，又是那么亲切可感。相比于另一位诗人谢灵运《登江中孤屿》中的“云日相辉映，空水共澄鲜”，谢朓的“余霞散成绮，澄江静如练”有类似的意境，却是不同的表达。细细品味之后，谢朓诗歌中的空灵更为可感，也更胜一筹。后两句“喧鸟覆春洲，杂英满芳甸”，在画好远景，渲染完江天景色之后，诗人又拿起画笔，在江洲边细细点染。那喧闹的鸟群，那遍野的芳草鲜花为这幅美丽的图画增添了勃勃生机，那鸟儿动人的乐音也仿佛要从画里跳脱出来。以动写静，也更加衬托了江景的宁静怡人。如此美景，怎能不让人流连，怎能让诗人忘怀？

“去矣方滞淫，怀哉罢欢宴。佳期怅何许，泪下如流霰。有情知望乡，谁能鬒不变？”诗歌的最后六句为抒情。诗人远离京城即将久居他乡，且不知何时能回到故乡。他远望着家乡的景色，不觉怀念起了旧日里与友人一起欢聚的快乐时光。“去矣方滞淫，怀哉罢欢宴”两句用了“矣”和“哉”两个感叹词，一则是为了对仗，二则强烈表达了他对故乡的怀念，声情摇曳，感慨深长，令读者也不禁感怀。念及归期未定，诗人无比怅然，泪如雪珠纷纷而下。他怀着对故乡的真情远望故乡，然而岁月无情，谁的结局不是白头，谁的结局不是老去？诗人以这样的一个反问句结尾，余音袅袅，郁结惆怅，可见情之深矣。

谢朓病愈之后携友登山远望，看着家乡动人的景，心内聚起幽幽情愫，伴随着他对未来的不安与愁苦。根据谢朓的本意，这首《晚登三山还望京邑》写景的部分是要为诗后半部分的抒情做铺垫，但是从诗歌的被接受来看，写景的部分反而喧宾夺主，在文学史上的影响要远远大于后边抒情的诗句。特别是“余霞散成绮，澄江静如练”是《晚登三山还望京邑》最广为流传的两句，李白《金陵城西楼月下吟》中的“解道澄江静如练，令人长忆谢玄晖”就对谢朓的这两句诗表达了敬意，也有不少评论家对此进行了长篇解读，更使这两句声名远播。不得不说，谢朓的山水诗用笔细致，且能寓情于景，情景交融，实为上品，也难怪李白对他的诗歌如此念念不忘了。

不论身后名

——《拟咏怀（其十一）》

摇落秋为气，凄凉多怨情。

啼枯湘水竹，哭坏杞梁城。

天亡遭愤战，日蹙值愁兵。

直虹朝映垒，长星夜落营。

楚歌饶恨曲，南风多死声。

眼前一杯酒，谁论身后名。

（北朝）庚信

庚信是南北朝文学的集大成者。他起先生活在南朝，后又至北方，所以他的诗歌可分为前后两个时期。南朝诗歌多为宫体诗，艳丽轻浮，辞藻华丽，北朝多为游牧民族，诗歌风格则较为苍劲。在这样的背景下，加之庾信前期常出入宫廷，他在这一时期写了较多的宫体诗，富有辞采之美。他与徐陵的文学风格也被称为“徐庾体”。北上之后，面对南朝战争的失败，一方面庾信在精神上有了较大转变，另一方面受到了北方诗歌的影响。他这时期的诗歌作品常常怀念故土，感慨自己身世苍凉，诗歌风格也较为悲凉、苍劲。

此诗为庾信《拟咏怀》二十七首的第十一首。诗人在诗中运用了大量的典故，以沉重的心情悼念梁朝灭亡的悲剧，表现出对于故国的无比怀念。“摇落秋为气，凄凉多怨情”是写悲秋之情。宋玉曾在《九辩》中写“悲哉秋之为气也！萧瑟兮草木摇落而变衰”，庾信在此无疑受到了宋玉的影响。秋风萧瑟，草木凋零，天气转寒，连人心在这衰败的气象中也会变得凄冷忧怨。庾信的这两句诗以悲凉的秋景渲染了忧伤的气氛，为全诗定下感情基调。他也在秋风里展开了自己的回忆。而在庾信之后，历代文人也留下了不少悲秋之作，连杜甫也要感叹“万里悲秋常作客，百年多病独登台”。

诗歌的第二联“啼枯湘水竹，哭坏杞梁城”的第一句用了湘妃哭竹的典故。湘妃原本是帝尧的两个女儿娥皇和女英，皆嫁给舜为妻，后因得知丈夫身亡痛哭，泪水洒在竹上而使竹斑痕点点，二人最后殉情而亡。屈原《九歌》中的《湘君》、《湘夫人》即以湘妃为原型。后一句也是用典。杞梁是齐国大夫，后在攻城中身亡。其妻在城下号哭，竟然使得城墙崩塌。这两个典故都是妻子为丈夫的离去而痛苦崩溃，暗示着梁元帝的江陵之败，也写出了诗人内心对此感到的如同湘妃、杞梁妻丧夫一般的巨大痛楚。其后的“天亡”又是用典。此典出于西楚霸王项羽。当初项羽兵败乌江，号呼“天要亡我”，再不渡江。可见诗人尽管对战败感到痛心，却也觉得天意如此，非人力能转还。梁元帝江陵之战败相早露，随着战争的进行，士兵一天比一天少，也一天比一天感到焦躁不安，但这样的焦躁忧愁毫无用处。“直虹朝映垒，长星夜落营”是写天象。据《晋书·天文志》记载：“虹头尾至地，流血之象。”流血自然不是好兆头，而长星陨落营中又暗示着主将折损。折了将领，士兵又血流成河，这样的战争自然胜不得。“楚歌饶恨曲，南风多死声”中的“楚歌”用了项羽被困垓下，听四面楚歌之典，“南风”则来源于《左传·襄公十八年》中的“吾骤歌北风，又歌南风，南风不竞，多死声，楚必无功”。这两个典故都是兵败之象，也指向梁元帝战争的失败。以上的六句诗歌句句用典，句句都是战败之言，象征着江陵之败是上天注定，非人力可为。

“眼前一杯酒，谁论身后名。”战争的失败是南朝的庾信必须承受的结果。面对这样的结局，庾信自然改变不了。他身为南臣却羁留北方，自然会遭受他人的误解。然而面对南朝的战败，他又能改变什么？于是诗人只能借酒消愁，再也顾不得身后之名。诗至此处，诗人的苦闷与哀愁已深切可感，只留下酒香中的愁肠百结，万般无奈。

其实庾信在北方一直很受朝廷重视，身居显位，受到贵族礼遇。可也正因为他诗名在外，不得与他人一样返回南方。身为南朝人，却在北方为官给庾信内心造成了很大的痛苦，常常为自己感到羞愧，却又得不到自由，只能在他乡思念故土，在诗歌中诉说内心的伤痛，实在是无奈至极。正是因为这段经历以及他前期诗歌的艳丽之风，庾信在历史评价上一直褒贬不一。有人就评价其诗文“其意浅而繁，其文匿而采”，更有人直言“若于庾氏方之，斯又词赋之罪人也”。当然，也有人理解并赞赏庾信，夸赞他“暮年诗赋动江关”。杜甫的《咏怀古迹·戏为六绝句》中“庾信文章老更成，凌去健笔意纵横”即是对他的肯定。

遁世无闷

——《登池上楼》

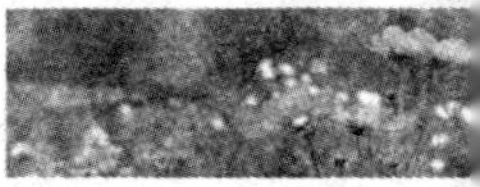

潜虬媚幽姿，飞鸿响远音。薄霄愧云浮，栖川怍渊沉。

进德智所拙，退耕力不任。徇禄反穷海，卧疴封空林。

衾枕昧节候，褰开暂窥临。倾耳聆波澜，举目眺岖嵚。

初景革绪风，新阳改故阴。池塘生春草，园柳变鸣禽。

祁祁伤豳歌，萋萋感楚吟。索居易永久，离群难处心。

持操岂独古，无闷征在今。

（南朝）谢灵运

提起古代的山水诗创作，作为这一诗派的开创者，谢灵运不会被文学史所遗忘。他常常放浪于山水之间，也好营造园林，探奇览胜，并发明制作出“上山则去前齿，下山去其后齿”的木屐，便于行走山间，被后人称为“谢公屐”。而谢灵运的山水诗善于刻画自然景物，意境奇特，辞藻较为华丽，且能够寓情于景，使得情感与美景相互交融，十分了得。谢灵运本人对于自己的才华也十分自信，曾自夸“魏晋以来，天下的文学之才共有一石，其中曹子建独占八斗，我得一斗，天下其他的人共分一斗”，认为除了曹植，其他人的才华皆不如他。而李白对谢灵运也颇为推崇，曾言“吾人咏歌，独惭康乐”。

这首《登池上楼》是谢灵运的代表作之一。“潜虬媚幽姿，飞鸿响远音。薄霄愧云浮，栖川怍渊沉。进德智所拙，退耕力不任。徇禄反穷海，卧痾对空林”八句可为全诗的第一个部分。在这一部分，诗人描绘了潜水虬龙美妙的姿态，聆听了高飞鸿雁嘹亮的声音，却笔锋一转，写自己的矛盾与苦闷。潜水虬龙代表着隐居不露，孤芳自赏，鸿雁高飞意味着奋力进取，名扬高堂。在这两种选择之间，诗人苦苦徘徊，进则担忧自己智力拙劣，不能胜任，退则忧心自己无耕种之力。在这两方面，诗人自感不能有所作为，深感惭愧。最后两句是写作者目前的处境。他自称是为了俸禄来到这偏远的海边，在病中只能望着对面幽静的树林。谢氏为名门望族，自然不必为了区区俸禄舟车劳顿，陷自己于困境。诗人如此，不过是万般无奈下对朝廷权贵的妥协罢了。这样的政治苦闷却含而不露，真是煞费苦心。

“衾枕昧节候”以下到“园柳变鸣禽”，此八句为诗歌的第二个部分。此时诗人终于登楼远望，冬去春来，看尽满园春色。诗人听到了那流水发出的动人声响，看到了那山岭挺拔巍峨的身姿。春阳暖暖，寒风不再，春日融融，冰雪已逝。青绿的小草围绕着池塘，柳荫里的鸟儿也已焕然一新。诗人在这一部分描绘了一幅暖人的春色图，在生机盎然的春景下，他的情绪似乎也随着寒冬的消逝高亢一些了。“池塘生春草，园柳变鸣禽”一联历来为人称道，王国维指出此句“妙处唯在不隔”，意指这两句诗如出水芙蓉般清新自然，看似偶然天得，而没有苦吟冥想矫揉造作的痕迹。更有后人评价此句“惊天动地至今传”、“万古千秋五字新”。钟嵘《诗品》引用《谢氏家录》说，更让这个句子的来源增添了神秘之美：“康乐每对惠连，辄得佳语。后在永嘉西堂，思诗竟日不就，寤寐间忽见惠连，即成‘池塘生春草’。故尝云‘此语有神助，非我语也’。”

“祁祁伤豳歌，萋萋感楚吟。索居易永久，离群难处心。持操岂独古，无闷征在今”为诗歌的第三个部分。在这一部分中，诗人由赏春景联想到古代诗人对于春日的描绘。《七月》中的“采蘩祁祁”，《楚辞·招隐士》中的“春草生兮萋萋”不同于眼前美丽的春景，而让诗人“伤”、“感”。接着，他感叹离群索居的生活会延长岁月，难以捱度，也会让内心孤独无依。但是坚持自己操守的并非只有古人，诗人坚信自己也能寻得避世隐居的快乐。“无闷”二字引用《周易·乾卦》“遁世而无闷，不见是而无闷”，可见诗人已经下定决心遁世以避世俗烦恼。全诗至此，诗人的声调变得高亢起来。而事实上，在创作这首《登池上楼》半年之后，谢灵运正式辞官归隐。

一首《登池上楼》，诗人在一片春暖花开的美丽景色中蕴藏了自己无比复杂的情绪。有名士的高傲，有进退不得的自怜，有政治失意的苦闷，有身在异乡的孤独，有对山水的情致，有归隐的趣味。如此种种复杂情绪的交错，方是一个完整的谢灵运。

登楼四望

——《登楼赋》

登兹楼以四望兮，聊暇日以销忧。览斯宇之所处兮，实显敞而寡仇。挟清漳之通浦兮，倚曲沮之长洲。背坟衍之广陆兮，临皋隰之沃流。北弥陶牧，西接昭丘。华实蔽野，黍稷盈畴。虽信美而非吾土兮，曾何足以少留。

遭纷浊而迁逝兮，漫逾纪以迄今。情眷眷而怀归兮，孰忧思之可任？凭轩槛以遥望兮，向北风而开襟。平原远而极目兮，蔽荆山之高岑。路逶迤而修迥兮，川既漾而济深。悲旧乡之壅隔兮，涕横坠而弗禁。昔尼父之在陈兮，有归欤之叹音。钟仪幽而楚奏兮，庄舄显而越吟，人情同于怀土兮，岂穷达而异心。

惟日月之逾迈兮，俟河清其未极。冀王道之一平兮，假高衢而骋力。惧匏瓜之徒悬兮，畏井渫之莫食。步栖迟以徙倚兮，白日忽其将匿。风萧瑟而并兴兮，天惨惨而无色。兽狂顾以求群兮，鸟相鸣而举翼。原野阒其无人兮，征夫行而未息。心凄怆以感发兮，意忉怛而憯恻。循阶除而下降兮，气交愤于胸臆。夜参半而不寐兮，怅盘桓以反侧。

（东汉）王粲

《登楼赋》选自《文选》卷十一，作者是著名东汉文学家王粲。王粲先随刘表，但一直不受刘表重用。后依附曹操，深得曹操赏识。他博览群书，文采过人，与建安文学集大成者曹植并称“曹王”，王粲还是“建安七子”代表人物，被刘勰称为“七子之冠冕”，在“七子”中文学才华最高。特别是他的五言诗通俗质朴，具有乐府诗歌的特征，具有特别强大的文学生命力。他的三首《七哀诗》在文学评价上甚至要高于曹植的同题诗作。而他的文赋创作更是雄盛一时，数量多又质量上乘，在建安文学中可谓独树一帜。

王粲的这篇《登楼赋》向来被认为是建安文学抒情小赋的代表之作。此赋写于建安九年秋，当时王粲尚依附刘表。他登上荆州麦城城楼，举目四望，感时伤怀，写下了这篇传世的《登楼赋》。

《登楼赋》共分三段。第一段主要是写景，开篇一句“登兹楼以四望兮，聊暇日以销忧”就奠定了全文沉郁悲凉的基调。之后细致地描绘了作者举目四望看到的景色，楼宇开阔明亮，流水清澈弯曲，花果开遍原野，谷物布满田地。这样的景色如此开阔而美丽。然而“虽信美而非吾土兮，曾何足以少留”，这里即使再美好，也不是自己的故乡，又有什么值得我自己在这里逗留？这一句一方面抒发了作者对于故土的怀念，另一方面也透露了他的怀才不遇。他投奔刘表就是为了建功立业，然而他整日清闲，所以留在此地的初衷都已经失去了意义。

在第二段，作者集中表达了自己的忧思。他倚着栏杆纵目远望，向着家乡的方向。隔着那一望无际的平原，那宽阔的河流，那巍峨的高山，家乡无处可寻，回乡的路弯弯曲曲无比漫长。对此，王粲悲叹着被阻隔的家乡，自怜流浪他方。他想到了那些古人，无论是孔子、钟仪，还是庄舄都曾以自己的方式眷恋家乡，这样的思乡之情岂会因为贫富差异而有所差别？

第三段是全文的关键部分，揭示了作者“忧”的深层次原因。时光流逝，天下未定，瓠瓜徒悬，井渫莫食，作者的才能无法施展。夕阳西下，寒风萧瑟，孤独的野兽寻找着自己的群体，鸟雀举着翅膀奋力地鸣叫着。寂静的原野寻不见游人，唯有征夫行走不停。此情此景，王粲的心情也变得悲怆而感伤。走下城楼的阶梯，心中义愤难平。只能在深夜里辗转反侧，迟迟难眠。在这一段中，作者寓情于景，将自己悲伤郁闷的心情与寂寥原野上的鸟兽的孤倦相映衬，将自己政治上的不得意与葫芦瓢、清澈的井水的被弃用相类比。此刻，王粲对故乡深深的眷恋、自身的怀才不遇让他失去了继续留在荆州的意义，这也是他下一步人生抉择——投奔曹操的缘由。

王粲登楼而作赋，实质上《登楼赋》是登高文化兴起的奠基之作，他的行为也常常被后世文人墨客所效仿。王勃登滕王阁而作《滕王阁序》，陈子昂的《登幽州台歌》，杜甫创作《登高》，辛弃疾的词《水龙吟·登建康赏心亭》等都是后世知名的登高之作。元代郑光祖还根据王粲故事创作戏剧《王粲登楼》，表现王粲内心苦闷登楼醉酒写赋的故事。后世也常用“王粲登楼”的典故比喻士不得志而怀故土之思。

辑三　工整绝美的格律诗——隋唐五代

当社会稳定繁荣，当文化蓬勃发展，中国诗歌开启了它最美好的时代。他们勾画山水，他们走向边塞。请莫再言“李杜文章在，光焰万丈长”，这里有太多的人用诗歌谱写着他们生命的光彩。

物换星移

——《滕王阁诗》

滕王高阁临江渚，佩玉鸣鸾罢歌舞。

画栋朝飞南浦云，珠帘暮卷西山雨。

闲云潭影日悠悠，物换星移几度秋。

阁中帝子今何在？槛外长江空自流。

（唐）王勃

王勃是初唐著名诗人，与杨炯、卢照邻、骆宾王并称“初唐四杰”，而他也是这四人中文学才华最杰出的。他的叔祖是著名诗人王绩，王绩的作品风格对王勃产生了很大影响。在王勃有限的时间里，他的创作力十分旺盛，代表作有《檄英王鸡》、《滕王阁序》、

《送杜少府之任蜀州》等。

王勃的诗歌历来颇受好评。杨炯《王勃集序》认为他的诗歌“壮而不虚，刚而能润，雕而不碎，按而弥坚”。而事实上，作为杰出的初唐诗人，王勃突破了宫廷诗的束缚，一改六朝以来颓废绮丽的诗歌风格。其诗颇有风骨，非常注重诗歌的实用性，对于唐代律诗的发展意义重大。可惜的是王勃英年早逝，27 岁即在渡海时溺水而亡。

上元二年秋，王勃在去看望父亲的路上路过南昌，恰逢重阳，都督阎伯屿在滕王阁宴请宾客。阎都督邀众人作滕王阁序，但他人皆知是都督有意要在人前显示女婿吴子章才华，故推而不作，唯王勃毫不推辞，写成了千古名篇《滕王阁序》。据《唐才子传》记载：“勃欣然对客操觚，顷刻而就，文不加点，满座大惊。”《滕王阁序》文末有“一言均赋，四韵俱成”两句，其中的“四韵”指的就是附在《滕王阁序》后的《滕王阁诗》。而这首《滕王阁诗》是对《滕王阁序》的高度概括。

《滕王阁诗》开篇先点出了滕王阁的形势。滕王阁高大威武，从高阁上可以看到赣江江心的沙洲，读者可以想象到滕王阁巍峨的气势以及俯瞰沙洲之人内心的澎湃。这与《滕王阁序》中的“临帝子之长洲，得天人之旧馆”的快乐是一致的。王勃登临滕王阁，居高临下，自然会有杜甫当初“一览众山小”的妙处。而“江渚”之景，正是“序”中的“层峦耸翠，上出重霄；飞阁流丹，下临无地。鹤汀凫渚，穷岛屿之萦回；桂殿兰宫，列冈峦之体势”。《滕王阁诗》以短短七字概括，用笔相当老练。

诗的第二句写佩玉鸣鸾与那些歌舞一样已经归于沉寂。其中有一个时间的跨度。当初滕王修建滕王阁，莺歌燕舞，热闹非凡。而现如今，那些动人的歌声与舞蹈早已不在。正如王勃所说“胜地不常，盛筵难再；兰亭已矣，梓泽丘墟”。因而王勃写歌舞已罢时已经意兴阑珊，陷入了历史长流之中，这种情绪在与前一句登阁的快意对比之下更显得有几分落寞与孤独。之后的“画栋朝飞南浦云，珠帘暮卷西山雨”两句是景物描写。“画栋朝飞”、“珠帘暮卷”，一片落寞之色。

随后的“闲云潭影日悠悠”中，“闲云”在上，“潭影”在下，一上一下，一俯一仰，写尽了空间。“日悠悠”则是写时间的长度，“悠悠”用叠词，使得韵脚更为柔和漫长。“物换星移几度秋”，王勃进一步拉长了空间和时间，“物换星移”将空间扩大到整个宇宙，“几度秋”则写出了年复一年的时间变化。在春夏秋冬四季之中，每一个季节都可以达到表现时间变化的效果，但王勃单用一个“秋”字，这一方面是因为诗人创作时正值秋季，“落霞与孤鹜齐飞，秋水共长天一色”，《滕王阁序》之景也皆是秋色。而另一个方面正是诗人看中了“秋”给读者带来的苍凉与萧瑟意味，毕竟“自古逢秋悲寂寥”。星月转移，岁月永恒，然“阁中帝子今何在”？当初兴建滕王阁的人却早已不在，物是人非的悲凉之感油然而生。而滕王阁外，长江奔腾不息，永不停止。正如苏轼在《赤壁赋》中所写："哀吾生之须臾，羡长江之无穷。"

王勃才气惊人，写下这首《滕王阁诗》才二十一岁。纵观整首诗歌，王勃的语言清丽工致，洗练精工，使得诗歌的体制宏大而精于刻画。他用短小的篇幅表现了长远的时间和极大的空间，境界高远，气度非凡。《新唐书》本传说王勃"属文，初不精思，先磨墨数升，则酣饮，引被覆面卧，及寤，援笔成篇，不易一字"。可见其才气纵横不羁，文思之敏捷悬然天得。王勃的《滕王阁序》名传千古，而这首《滕王阁诗》也是独具匠心，字字珠玑，被阎都督称为"一字千金"。韩愈在他的《新修滕王阁记》中赞其"壮其文辞，益欲往一观而读之，以忘吾忧"。一篇《滕王阁序》，一首《滕王阁诗》，王勃用自己的才情吸引了无数后人登临滕王阁，滕王阁也因为王勃名闻天下。

岁月变迁

——《乌衣巷》

朱雀桥边野草花，乌衣巷口夕阳斜。
旧时王谢堂前燕，飞入寻常百姓家。

（唐）刘禹锡

刘禹锡是唐代中晚期著名诗人，与另一位著名诗人白居易是好友。白居易曾评价：“彭城刘梦得，诗豪者也，其锋森然，少敢当者。予不量力，往往犯之。”刘禹锡性格开朗，为人豁达，曾写下“沉舟侧畔千帆过，病树前头万木春”，就算生活困顿，还能为后世留下《陋室铭》。刘禹锡的诗歌大多俊豪雄直，简短精炼，却又充满了哲人的智慧和思考，意蕴无穷。

他的《金陵五题》共有 5 首诗歌，皆是怀古叹今之作，《乌衣巷》便是其中的第二首。诗名“乌衣巷”是一条真实的巷子，位于金陵城外，朱雀桥边。而“乌衣巷”之名来源于三国东吴时期，当时尚是东吴的禁军驻地。由于士兵皆穿黑色衣服，故俗称乌衣巷。东晋时期，宰相王导、谢安曾居住在此地，已使得乌衣巷小有名气，而刘禹锡的这首《乌衣巷》更是让这条古老的街巷名满天下。

《乌衣巷》开篇先写景，“朱雀桥边野草花，乌衣巷口夕阳斜”。朱雀桥与乌衣巷彼此相邻，在对仗上亦偶对天成。朱雀桥坐落在秦淮河上，谢安曾在桥上建重楼，以两只铜雀为饰，而乌衣巷是谢安故居，朱雀桥与乌衣巷在历史人文上有着共同记忆。诗人的这两个意象仅仅六字，却有着那么多的联系，有着这么多的故事，实在是奇妙。

在这两句诗中，诗人看似只是单纯地写景，但“野”草，“夕”阳无不在诉说乌衣巷如今的荒芜和惨淡。秦淮河是一个绚丽的梦，见证过历史岁月中最美好的时光，而诗人所见的朱雀桥乱草横生，桥边丛生的野草无人打理，自生自灭，仿佛秦淮河曾经的繁华景象不过是南柯一梦。“乌衣巷口夕阳斜”，“夕阳”这个意向在古诗词中十分常见。“夕阳无限好，只是近黄昏”，夕阳预示着对事物衰败的惋惜之情；“夕阳西下，断肠人在天涯”，这里的夕阳又让读者深刻感受到了词人内心的荒凉与孤独。刘禹锡诗中的乌衣巷夕阳斜照，日薄西山，惨淡非常，与曾经的车水马龙、繁华鼎盛形成了鲜明对比。然而就算是杂草丛生，夕阳西下，刘禹锡诗中的乌衣巷依然有一种别样的荒凉之美，寂寥而又悠远。两句诗全是对今天景色的描写，对过往不着一字，却能隐藏着作者对岁月变迁的感慨，让现实在与过去的对比中更加彰显。

在完成对环境的烘托之后，一般的诗人可能会选择进一步抒发自己对于古今变化的感概。诸如“无处可寻王谢宅，落花啼鸟秣陵春”或者唐朝另一位诗人孙元宴《咏乌衣巷》中的“乌衣巷在何人住，回首令人忆谢家”，而刘禹锡却咏出了千古名句：“旧时王谢堂前燕，飞入寻常百姓家。”

同样是乌衣巷，同样写到了王谢这些名家，这两句诗却可以流传至今脍炙人口，不被历史洪流所湮没。究其原因，正是刘禹锡跳出了诗歌的浅露写法。他没有急着直抒感慨，而是继续写景，把自己的万千思绪寄托在一只飞燕上。这只燕子能够承载感情，表现历史沧桑，正是得益于刘禹锡的巧妙构思。诗中的燕子是作为岁月的见证者的形象出现的。曾经的王导、谢安等人叱咤风云，让人不禁联想到当年的乌衣巷作为权贵的集中地是何等风光！香车宝马，人来人往，络绎不绝。这只旧日王谢堂前的燕子亲历了往日的繁华，然而岁月变迁，如今的它只能飞入寻常百姓家。晋傅咸《燕赋序》说：“有言燕今年巢在此，明年故复来者。其将逝，剪爪识之。其后果至焉。”燕子眷恋旧巢，今日寻常百姓所居之处正是当时王谢所居之处，往日的繁华所在也正是今日的萧条所在。乌衣巷依旧，然而物是人非，一切不可同日而语。清末施补华评价道："若作燕子他去，便呆。盖燕子仍入此堂，王谢零落，已化作寻常百姓矣。如此则感慨无穷，用笔极曲。"

刘禹锡在诗中的感情始终藏而不露，但乌衣巷中这样巨大的今昔对比却能让读者感同身受，进而体会到诗人对于盛衰变化的感慨，感受到他对兴衰荣辱的思考，从而理解作者对岁月变迁的敏感。一只飞燕，以小见大，正是刘禹锡匠心所在。

刘禹锡性格刚毅，为人直爽，但他的一生几多坎坷，阅尽人间沧桑变化，使得诗作含蕴无穷，充满着对人生的哲思和感慨，精警超迈，韵味深长。这首《乌衣巷》正是他怀古诗中的代表之作，语言浅显，意象寻常，却匠心独用，余味无穷，堪为上乘。

秋日胜春朝

——《秋词》

自古逢秋悲寂寥，我言秋日胜春朝。

晴空一鹤排云上，便引诗情到碧霄。

（唐）刘禹锡

作为一个有政治追求的入世者，官场被贬永远是一件值得伤心感怀的事。历史上就有许多诗人在贬谪之后写出了充满伤感的诗句，或写抱负之未展，或恨政敌之无情，或写羁旅之疲乏，或写客居之怀乡。也有的诗人对被贬谪的好友给予深刻的同情。柳宗元《江雪》写过“孤舟蓑笠翁，独钓寒江雪”，宋之问有“但令归有日，不敢恨长沙”，韩愈有“欲为圣明除弊事，肯将衰朽惜残年”，李白有“我寄愁心与明月，随君直到夜郎西”。而从白居易《琵琶行》中的那句“同是天涯沦落人，相逢何必曾相识”，可见这样的感情是共通的。

在一般的情况下，还有一种感情是共通的。战国时代著名诗人宋玉《九辩》有言：“悲哉秋之为气也！萧瑟兮草木摇落而变衰，憭栗兮若在远行，登山临水兮送将归。”从此，“悲秋”成为了历代文人骚客的共同主题，他们习惯于将秋天视为伤感与忧愁的化身，秋至而神伤。曹丕《燕歌行》有“秋风萧瑟天气凉，草木摇落露为霜”，杜甫《登高》曾写“万里悲秋常作客，百年多病独登台”，柳永《雨霖铃》说“多情自古伤离别，更那堪冷落清秋节”，唐代钱起有《题苏公林亭》“万叶秋声里，千家落照时”，南朝谢朓《宣城郡内登望》写过“寒城一以眺，平楚正苍然”。这些诗句中的秋天是肃杀的寒风，是凄凉的秋景，是荒芜的树林和衰败的小草。悲秋之作也成为了诗人们抒发离别、孤独、伤感题材的重要载体。

刘禹锡的这《秋词》二首，胜就胜在他对被贬和悲秋这两方面的态度上不同于人的表现。这两首诗是在刘禹锡第一次被贬郎州时所作，但整首诗并没有表现他的哀怨、他的愁苦，或者是他的无奈、他的感伤。刘禹锡丝毫都没有展露被贬之后的消沉。相反，他欣赏着自然美景，想要抒发他那激情澎湃的诗情。同时，虽是写秋景，他也没有在草木萧条中悲伤绝望，感伤生命的失去和凋零。

“自古逢秋悲寂寥”是刘禹锡对历来文人骚客悲秋情结的精要

概括。诗人以此议论开篇，言语间便有种豪气与激越。“我言秋日胜春朝”直抒胸臆，一个“我言”可见诗人成竹在胸，自己的观点并没有因为普遍的观点而动摇。春天是万物复苏，生机盎然的季节，在很多季节特性上刚好与秋天相反，也象征着活力与生机，是很多文人墨客歌咏的对象。刘禹锡没有用华丽的辞藻装饰他的观点，而是用一句大白话直接抛出自己的观点，显得直率、坦然、自信。

这首《秋词》事实上只有一句写秋景，这便是“晴空一鹤排云上”。秋天有太多的意象可以供诗人选择，而刘禹锡只取一瓢，选择了“鹤”这个意象。鹤然独立，鹤有一种高贵非凡的气质，正如李峤《鹤》中的“翱翔一万里，来去几千年”，如李绅《忆放鹤》中的“羽毛似雪无瑕点，顾影秋池舞白云”，如谢缙《题松竹鹤图》中的“东游扶桑略西极，上下九天仅咫尺”。晴空万里，一只白鹤冲向高空，那光洁颀长的脖子，那有力的翅膀以及它对高空的向往使得这个意象格外动人，足以震撼人心。诗人如此描绘秋景另一方面也是因为鹤这个意象与他自己有一定的共同之处。一鹤独飞，正如刘禹锡在他乡也是孤身一人。排云之上，正如刘禹锡坚信自己可以越过重重阻碍，遨游云霄。

此情此景，刘禹锡不禁感叹“诗情到碧霄”。白鹤飞天带给了诗人内心太多的震撼，他从白鹤身上感受到了一种向上的激情，这种情感要从他心中喷薄而出，让他随着白鹤一起高飞。他人在秋季的诗情都是悲凉而沧桑的，而刘禹锡的诗情在高空之上，如此高昂，如此激扬。

事实上，刘禹锡的《秋词》一共有两首。除此之外，他还写过“山明水净夜来霜，数树深红出浅黄。试上高楼清入骨，岂如春色嗾人狂”。在这首诗中，刘禹锡终于选取了“霜”“树”、“高楼”这些在悲秋之作中常见的意象，但诗情又不俗。在这首绝句中，刘禹锡只是如实描绘秋天景象，写树叶变黄这样带有生命凋零意味的场景时并没有渲染秋情，而是写秋天的树木颜色深浅不一，有红有黄。如此带有悲剧色彩的场景在刘禹锡笔下反而变得五彩斑斓，如此精彩而美好。诗歌最后一句是诗的主旨。他再次将春秋两季对比，却说春季猖狂，秋季清高。这显然是用了拟人的手法，表现了刘禹锡冷然、高洁的品质，不傲不狂。

从《秋词》中，刘禹锡从不人云亦云的个性、为人的豁达乐观可见一斑。能从同样的诗歌主题中得到不一样的人生体悟和感触，这正是这位诗人的过人之处。

蹉跎新生

——《酬乐天扬州初逢席上见赠》

巴山楚水凄凉地，二十三年弃置身。
怀旧空吟闻笛赋，到乡翻似烂柯人。
沉舟侧畔千帆过，病树前头万木春。
今日听君歌一曲，暂凭杯酒长精神。

（唐）刘禹锡

中唐时期的诗坛，有著名的“韩孟诗派”和“元白诗派”两个诗派，“韩孟诗派”以韩愈、孟郊等人为代表，在艺术上追求诗歌是由现实所激发的感慨而发出的内心激情的宣泄，正所谓“不平则鸣”，诗歌风格追求雄奇怪异，雕琢镌刻，极尽人工锻炼；“元白诗派”的代表是白居易和元稹，与“韩孟诗派”所追求的奇崛不同，追求诗歌语言的平坦简易，所状之物、所写之情都要写生活之中平时之物。

刘禹锡是中唐时期的重要诗人，但是他的诗歌风貌与韩孟和元白两大诗派都有所不同。刘禹锡一生的生活都不宁静，政治上也几度浮沉，大多数时候都是在贬谪和迁任之中渡过，于是他对人生和社会问题的思考也有着异于常人的一面，这也在一定程度上造就了他独特的性格。他的倔强气质没有像韩孟诗派所追求的那样狷介，也没有像元白诗派所要求的那样平实淡然。因此，在他的诗作之中，往往体现出他对现实理智而冷静的思考，也有富于哲理的沉思；虽有说理，但却又不至于陷入机械的说教之中。

“永贞革新”的失败是刘禹锡人生中一次重要的经历。永贞元年，他与政治追求相近的柳宗元一同参加永贞革新，辅佐王叔文执政，在短短数个月的时间里推行了不少革新措施，然而不久之后，王叔文入狱，革新宣告失败，革新的支持者都被贬为远州司马，这就是“八司马事件”，刘禹锡便是其中之一，被贬谪为朗州司马，这一去便是九年。此后他虽被召回京城，但又因为赋诗表示不满而再被贬谪，此后便游任各地，居无定所。

唐敬宗宝历二年，刘禹锡从和州刺史职位上卸任，返回洛阳，同时白居易从苏州回到洛阳，两位诗人在扬州相逢。白居易在筵席上写了一首诗赠予刘禹锡：“为我引杯添酒饮，与君把箸击盘歌。

诗称国手徒为尔，命压人头不奈何。举眼风光长寂寞，满朝官职独蹉跎。亦知合被才名折，二十三年折太多。”在这首诗中，白居易不仅写出了对刘禹锡遭受贬谪的怜悯和感伤，也写出了自己如觅知音的感慨。于是刘禹锡便写了《酬乐天扬州初逢席上见赠》来酬答他。

“巴山楚水凄凉地，二十三年弃置身”，巴郡的山和楚地的水，那是多么凄凉的地方，而我却被扔到那里二十三年。刘禹锡对于自己所遭遇的不幸经历和自己的愁苦之情丝毫没有隐藏，而是直抒胸臆地写出自己心中的愤懑和悲凉。二十三年的时间，可以让一个人从稚气未脱的孩童成长为独当一面的男子汉，也可以让意气风发的青年被剥蚀成孤苦的浪人。岁月的流逝，青春年华早已不在。二十三年，是刘禹锡逐渐被时间打磨得褪去了青葱颜色，但磨不去的还是一身无拘无束的不羁傲骨。

“怀旧空吟闻笛赋，到乡翻似烂柯人”。刘禹锡感慨自己在外二十三年，如今回来，许多老朋友都已去世，只能徒然地吟诵“闻笛赋”表示悼念而已。此番回来恍如隔世，觉得人事全非，不再是旧日的光景了。后一句里，他用“王质烂柯”的典故，来说明自己离家之久和自己心中的愁闷。

“沉舟侧畔千帆过，病树前头万木春”，后人往往用这句诗来表现积极昂扬的精神，在理解整首诗的时候，也往往把这一句当作情感转折的一句。然而，就诗人本意而言，他所指的是自己犹如沉舟、病木一样，而周遭之人却生活顺利，欣欣向荣，自己只能徒有羡慕。从这个角度来理解，这句诗所表现的，其实是最无可奈何的痛苦和伤感。

“今日听君歌一曲，暂凭杯酒长精神。”最后这一句里，诗人在强颜欢笑，对着白居易说出这样的感慨。在经历了众多苦痛之后，如今能够听到白居易为自己赋诗一首，这可以说让刘禹锡感受到了莫大的慰藉。举起酒杯，与友人共饮了这杯酒，来扫去自己身上的颓荡之气。

诗中精妙之句在于“沉舟侧畔千帆过，病树前头万木春”的理趣情调，从这句诗里，可以看出人生世事新旧更迭的道理。这本是刘禹锡自伤身世的一句，然而后人在理解这句诗的时候，为这句诗加入了新的情感因素：无论是将诗句理解为人生变迁、沧桑无常的无情规律，还是理解为在经历了长久沉淀和磨炼之后，就会获得转机，就好像是病树的前头依然能有新生的树苗一样。其实，如果将这句诗还原回去，简简单单地看作刘禹锡感慨自己经历的诗句，则更能体会刘禹锡在历经沧桑之后依然保有的一颗赤子初心，也更能体会蹉跎岁月之后刘禹锡所追求的的慷慨新生。

临渊羡鱼

——《望洞庭湖赠张丞相》

八月湖水平，涵虚混太清。

气蒸云梦泽，波撼岳阳城。

欲济无舟楫，端居耻圣明。

坐观垂钓者，徒有羡鱼情。

（唐）孟浩然

孟浩然世称“孟襄阳”，与山水田园诗人王维合称“王孟”。以王孟为代表的诗派又被称作“王孟诗派”。大诗人李白、王昌龄等均与孟浩然交好，李白就曾写《赠孟浩然》：“吾爱孟夫子，风流天下闻，红颜弃轩冕，白首卧松云。醉月频中圣，迷花不事君，高山安可仰，徒此揖清芳。”此外还有绝世名篇《送孟浩然之广陵》：“故人西辞黄鹤楼，烟花三月下扬州。孤帆远影碧空尽，唯见长江天际流。”可见情谊之深厚。

孟浩然仕途失意困顿，一生大部分时间都在隐居或者游览山水中度过。因而孟浩然的诗大多写他的隐居生活，多山水田园诗，也擅长写自己内心的情感和体悟。孟浩然的诗意境清迥，格调高远，多得自然趣味，点染空灵，意蕴无穷。他的代表作有《夏日南亭怀辛大》、《过故人庄》、《春晓》等，无不是脍炙人口之作。

这首《望洞庭湖赠张丞相》写于唐玄宗开元二十一年，当时张九龄拜中书令，与他交好的孟浩然就写了这首诗相赠。孟浩然当时有心仕途，希望张九龄可以引荐他在朝为官。因此在孟浩然的诗歌作品中，《望洞庭湖赠张丞相》并不典型，是一首投赠之作。然而这首干谒诗在艺术价值上却并不逊于孟浩然的几首所谓的代表作。孟浩然擅长写景，诗歌开篇就指出了季节。洞庭八月，湖水暴涨几乎与岸平接。湖上的水汽朦胧，远远望去湖水的边际已经与天空连在了一起。那白茫茫的水雾澎湃动荡，似乎要撼动整座岳阳城。

在这四句中最受评论家称道的是“气蒸云梦泽，波撼岳阳城”两句。这两句诗被誉有“冲澹中有壮逸之气”。清代潘德舆《养一斋诗话》曾认为孟浩然诗歌“精力浑健，俯视一切，正不可徒以清言目之”。历来诗人描绘洞庭湖的也不在少数，如刘禹锡《望洞庭》中的名句“遥望洞庭山水翠，白银盘里一青螺”，李白也写过“洞庭西望楚江分，水尽南天不见云”。范仲淹《岳阳楼记》则有“衔远山，吞长江，浩浩荡荡，横无际涯。春和景明，波澜不惊，上下天光，一碧万顷”。这些句子出自名家，自然有其不凡之处，但在历史评价上能与孟浩然“气蒸云梦泽，波撼岳阳城”之气势平分秋色的当属杜甫《登岳阳楼》中的“吴楚东南坼，乾坤日夜浮”。杜甫此诗被誉为古今“登楼第一诗”，描写洞庭湖水的这两句诗意境壮阔，雄跨古今，有气吞山河之势。

《望洞庭湖赠张丞相》可以分为“望洞庭湖”及“赠张丞相”两个部分，从“欲济无舟楫”开始的后半首孟浩然十分隐晦地表达了希望张九龄能引荐他的愿望。孟浩然一生未能获得朝廷任用，隐沦终老。然而正如清人沈德潜《唐诗别裁》所说：“读此诗知襄阳非甘于隐遁者。”清人纪昀读此诗时也曾批“此襄阳求荐之作”，并认为孟浩然“以望洞庭托意，不露干乞之痕”。

“欲济无舟楫，端居耻圣明”，孟浩然想要渡江但却找不到可以相载的船只，在如此盛世闲居家中实在是愧对明君。在此，孟浩然以“渡舟”之比向张九龄表明了心迹，他不愿在家无有作为，而是希望张丞相可以为他“做舟”，助他顺利到达彼岸。而这个岸自然指的是仕途。“坐观垂钓者，徒有羡鱼情”两句是对上两句的进一步说明。孟浩然望着他人垂钓得雨，而自己只能旁观，心内唯有一片羡鱼之情。这位垂钓者自然指的是张丞相，孟浩然看到他仕途得意，而自己身在乡野，不能一起共事，只能徒表艳羡。这两句诗用了《淮南子·说林训》中的“临渊羡鱼，不如退而结网”，却能出新。因为事实上，写这首诗的时候，“羡鱼”的孟浩然已经在“退而结网”了，只是这一切取决于张丞相的态度。

许多盛唐诗人内心都有一个未能实现的政治梦想，渴望可以一展自己的才华与抱负，而干谒诗也特别能表现诗人的个性。孟浩然的《望洞庭湖赠张丞相》虽是希望他人引荐，却写得不卑不亢，不落俗套，可见他一方面想要进入官场，另一方面却不愿意放弃自己清高的本性，是干谒诗中的精品。唐人朱庆余也有一首著名的干谒诗《近试上张水部》，用“妆罢低眉问夫婿，画眉深浅入时无”向水部员外郎张籍询问情况。与孟浩然的《望洞庭湖赠张丞相》一致，这两首都写得十分含蓄，这也是诗人气节的一种展现。

近乡情怯

——《渡汉江》

岭外音书断，经冬复历春。
近乡情更怯，不敢问来人。

（唐）宋之问

宋之问是唐朝著名诗人，他的诗作大多是应制之作，歌功颂德，倾心媚附。这些作品辞藻华丽，用词精密，但内容上贫乏空洞。宫廷政变后，宋之问也被唐玄宗李隆基赐死。

当然作为唐初的著名诗人，宋之问也创作了不少优秀作品，他年轻时就“尤善五言诗，其时无能出其右者”。他在当时与沈佺期齐名，《新唐书·文艺传》评论：“及之问、沈佺期，又加靡丽，回忌声病，约句准篇，如锦绣成文，学者宗之，号为‘沈宋’。”宋之问最优秀的作品大多都是被贬时所作，政治动荡对他影响巨大，因而多发感慨。而乡野之中清丽的山水也似乎涤荡了他罪恶的灵魂。《江亭晚望》、《晚泊湘江》、《题大庾岭北驿》、《度大庾岭》等诗歌的创作使得五言律诗的体制更为完善，对于唐代律诗的定型成熟有所贡献。

《渡汉江》是宋之问被贬后逃回路过汉江时所作，表现了自己的近乡情怯之情。“岭外音书断，经冬复历春”是写自己的贬谪生活，在被贬在荒蛮之地，人烟稀少，难以与亲友互通书信。他苦捱着度过了冬天，又得捱过春天，时间是如此漫长。宋之问写生活的艰辛是从三个方面表现的，一是地理位置的偏僻，即“岭外”，二是与亲友消息的断绝，即“音书断”，三是时间的久远，即“经冬复历春”。这三个方面依次展开，非常具有层次感，一一道出了诗人在荒蛮之地生活上的艰辛与孤独以及情感上的苦闷。在这短短十个字中，已经可以感受到诗人内心对还乡的渴望，对亲友的思念。这也为诗的下文做好了情感铺垫。

“近乡情更怯，不敢问来人”两句是千古名句，展现了诗人在快要到家之时那种复杂的心理历程。若是换做一般人，思念家乡那么久，必然是急着回家与亲人团聚，尽享天伦。而宋之问却情怯了。情怯的原因自然是诗人内心的一种担忧。前面已经写到，诗人被贬岭南，又长时间没有与家人通信，那么在这样的时代，家人是否健在？他担心家人受其连累或者因为其他原因发生了家庭变故，而他历经风雨回到家乡，就是为了与家人团聚，如果回到家发现一切都已经改变了呢？于是诗人因为畏惧徘徊不前了。随着归程的缩短，这样的担忧愈甚，内心的不安也更为强烈。他甚至担忧在回家的途中会遇到一个熟人从而证实他所有不祥的预感，以至于连向他人探听消息的勇气也没有。所以诗人没有写“近乡情更切，急欲问来人”，而是“情怯”，是“不敢问”。事实上，诗人的“情怯”根源就在于“情切”，如此表述，语极浅近，而心思细腻，颇有韵味，这也是这两句诗能够打动人心的地方。

思乡的题材在古诗词中也很常见，如李白那句著名的“举头望明月，低头思故乡”，高适《除夜作》中的“故乡今夜思千里，霜鬓明天又一年”，杜甫《月夜忆舍弟》的“露从今夜白，月是故乡明”，王安石《泊船瓜洲》中的“春风又绿江南岸，明月何时照我还”等。这些作品都表现了人类的共同情感，能够引起读者的情感共鸣。而宋之问的这两句诗得以成为思乡作品中的经典，很大原因就是他写思乡角度的精巧。他不写何时能够归乡，也不写家乡风景人文是多么美好，而是从自己归乡的心情着笔，以自己内心的“情怯”来表现“情切”，使得这种情感如此深厚。杜甫的《述怀》曾有“自寄一封书，今已十月后。反畏消息来，寸心亦何有？”杜甫在此诗中也表现了情怯，从而可见他对妻子深深地挂念。这种写法与宋之问的《渡汉江》有相似之处。

宋之问人品恶劣，其所作所为在当时就为很多人所不齿。此次被贬也是因为媚附武则天的男宠，丝毫没有值得他人同情的地方。然而这句“近乡情更怯，不敢问来人”还是以独特的构思与深厚的情感打动了不少人的内心。究其原因，恐怕在于诗人在这首诗中舍去了政治符号，只是一个思乡之人回乡之时内心的写照。正因此，那个思乡者才是那么动人。

能不忆江南

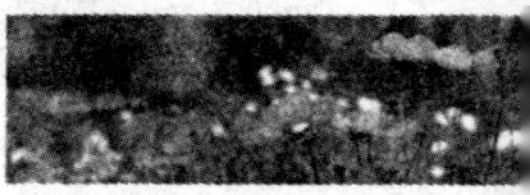

——《忆江南》

江南好，

风景旧曾谙。

日出江花红胜火，

春来江水绿如蓝。

能不忆江南？

（唐）白居易

提起白居易，我们不会忘记《长恨歌》中盟誓“在天愿作比翼鸟，在地愿为连理枝”的唐明皇和杨贵妃，仍会同情《卖炭翁》中“可怜身上衣正单，心忧炭贱愿天寒”的劳动人民，也难以忘怀

《琵琶行》中琵琶女与江州司马的“同是天涯沦落人，相逢何必曾相识”！

作为唐代伟大的现实主义诗人，白居易“酒狂又引诗魔发，日午悲吟到日西”，有“诗魔”和“诗王”之称。他与元稹一起发起了新乐府运动，写下了不少反映民间疾苦的诗歌，主张诗歌“为君、为臣、为民、为物、为事而作，不为文而作也”，可见白居易关心时事，关注底层。他与元稹合称“元白”，与著名诗人刘禹锡合称“刘白”，对后代诗歌影响深远，声名远播日本、朝鲜等国，被日本学者称为“诗神”。

《忆江南》全词二十七字，名称取自白居易“能不忆江南”。整个词调自创立以来就长盛不衰，更因白居易的三首《忆江南》名声大噪。此词调别名众多，有数十个之多，著名的作品除了白居易的三首之外，还有刘禹锡、温庭筠、李煜、纳兰性德等人的作品。

白居易《忆江南》开篇直言三字“江南好”，随后说“风景旧曾谙”。白居易曾在苏杭两地为官，分别担任杭州刺史和苏州刺史，前后有三年之久，西湖至今都保留着白堤。因而对于白居易而言，江南的风景是那么熟悉。他写这首词时已经离开江南十几年之久，然而一切依旧如在眼前，挥之不去。当时的白居易已经是一位六十七岁的老人，因而他怀念曾经居住过的城市时，更有一种回忆的轻松与美好。

此后，白居易用短短十四个字描绘了他心目中的江南，也解释了开篇他所言的那一个“好”字。“日出江花红胜火，春来江水绿如蓝”，他用了两种意象，两种色彩。江南的典型意象众多，白居易选取的是“江花”和“江水”，并设定是“日出江花”、“春来江水”。当太阳刚刚升起的时候，空气中的寒意被慢慢逼退，天空中的朝霞一片灿烂。江边的红花静静地开放着，在温暖阳光和天边云彩的映衬下比那燃烧的花火还要鲜艳夺目。当春天来临的时候，万物复苏，生机勃勃。那寂寞了一个冬天的江水加快了它流动的进程，在岸边柳树的映衬下比那蓝草还要鲜绿。而且江花依江而开，这两个意象之间还存在着地理位置上的联系。

在这首词中，白居易用了红和绿两种色彩。诗歌中用色彩，会有一种强烈的画面感，真是诗中有画，白居易的这首《忆江南》就是如此。江花的红艳，江水的碧绿，两者相互映衬，想必会在读者脑海中绘上一幅生机勃勃的江南春景图。红与绿这两种色彩的搭配极具生机和活力，彼此之间又有着鲜明的对比，红衬得绿越发的蓝，绿衬托得红格外的艳，而这也是江南春天自然景观的真实写照。

另外也有一些诗人以两种及两种以上的色彩表现景色，这些充满画意的诗句给了读者别样的美感，也为后人留下了优秀的诗篇如杨万里的赞美夏季西湖风景的“接天莲叶无穷碧，映日荷花别样红”，杜甫的名句“两个黄鹂鸣翠柳，一行白鹭上青天”、“诗鬼”

李贺的“黑云压城城欲摧，甲光向日金鳞开”等。

词的最后，白居易发出了感慨：“能不忆江南?”诗人在离开江南十余年后再忆江南，皆因江南之好。前面的诗句已经说明了忆江南的原因，在白居易的笔下，江南之美尽收眼底，因而词最后的这句反问可以激起读者强烈的共鸣。从述说“江南好”再到“能不忆江南”，这两句之间有因果联系，中间的诗句又相当于原因阐述，使得整首《忆江南》颇有证明论题的意味，而白居易的解释也很到位。

白居易的这首《忆江南》只是其一，他还写了其二、其三两个姊妹篇。其二原文为：“江南忆，最忆是杭州。山寺月中寻桂子，郡亭枕上看潮头。何日更重游?”其三为：“江南忆，其次忆吴宫。吴酒一杯春竹叶，吴娃双舞醉芙蓉。早晚复相逢?这三首从“忆江南”到“最忆是杭州”到“其次忆吴宫”，从结构上来说是“总一分一分”，而在情感上却又是递进关系，是从“能不忆江南”到“何日更重游”再到“早晚复相逢”。白居易从单纯的回忆和思念出发，递进到想要重游江南，再递进到认为早晚可以再度相逢。词到此处，白居易已经准备好再赴江南，重看江南美景了。

老来还乡

——《回乡偶书二首》

（其一）

少小离家老大回，乡音无改鬓毛衰。

儿童相见不相识，笑问客从何处来。

（其二）

离别家乡岁月多，近来人事半消磨。

唯有门前镜湖水，春风不改旧时波。

（唐）贺知章

贺知章号四明狂客，是盛唐前期著名诗人，也是书法家，被人称赞“笔力遒劲，风尚高远”。贺知章少年时期就已经诗名在外，后入朝为官，颇得皇帝赏识敬重。他为人十分豪爽旷达，是修道之人，人称“诗狂”，有“清谈风流”的美名。他还常与与张旭、李白、李适之、李琎、崔宗之、苏晋、焦遂等人饮酒赋诗，被称为“醉中八仙”。李白还曾写诗“知章骑马似乘船，眼花落井水底眠”形容贺知章酒后之态。只可惜贺知章的诗歌大多已经散佚，流传至今的只有 19 首。

《回乡偶书二首》写于天宝三年，贺知章辞官回乡。当时，这位著名的诗人已经八十六岁了，离家也已经五十多年。诗人重回故乡，望着家乡似曾相识的一草一木，心内百感交集。

诗的前两句是叙事。“少小离家老大回，乡音无改鬓毛衰”，诗人在年幼时离开故乡，直到年老时才返回。虽然离开多年，但诗人的家乡话还是非常地道，只是鬓发已白，提醒着他再也不是当初的那个少年。这两句诗写得相对平淡，以“少小”和“老大”对比，突出诗人离开故乡的事实。而诗人“乡音未改”暗示着他对家乡的熟悉，虽然久离，但他一直思念故乡，“鬓毛衰”更显示出乡情不忘，经受住了时间的考验。鬓发斑白带有强烈的沧桑感，不断地提醒着读者诗人八十六岁的高龄。正因为年岁之高，记忆才会格外漫长，所有的情意也会更加彰显。

诗的三四句“儿童相见不相识，笑问客从何处来”是这首《回乡偶书》的精彩所在。诗人离乡五十多年，十几岁以下的儿童自然不认得这位从见过面的老者。别说是个儿童，恐怕四十岁以下的老乡都得相见不相识了。诗人还乡，却被小同乡看做是一位客人，主与客之间的转变必然引得诗人内心无限感慨。毕竟，在离乡之前，他也曾是这样一个年轻的孩子，对于从外而来的一切都如同他们一样好奇。这些孩子笑着将这位老者包围，一个一个用好奇而期待的眼神看着他，表现出了一种活力，也写出了质朴、热情的民风。一句“笑问客从何处来”谐趣横生，真是神笔。而对于诗人而言，孩童的无心之问又会提醒着他如今的现状，如此的老迈衰颓，也不知当初的那些故人可还认得他，饱含游子辛酸。全诗结束在这有问无答之中，结束在孩童的笑声中，诗人内心却是悲凉的，以笑写悲，如此意蕴无穷，引发读者无限的思考。

贺知章的这首《回乡偶书》在千百年来众口传颂、妇孺皆知，历来颇受好评。宋朝范晞文《对床夜话》曾将贺知章“儿童相见不相识，笑问客从何处来”一句与杨衡的“正是忆山时，复送归山客”，张籍的“长因送人处，忆得别家时”，卢象的“小弟更孩幼，归来不相识”对比，认为贺知章的句子“益换而益佳，善脱胎者，宜参之”。

《回乡偶书》的第二首与第一首一脉相承，语言依旧冲淡无情，如同白话。“离别家乡岁月多，近来人事半消磨”写诗人回家之后的情景，他忙于各种人事，忙于探望亲友，与故人谈着这分别的五十多年。其间的故事自然包括了各种快乐与伤感，诗人在短短的时间内恍若又过了五十多年，触动诗人感情的事不胜枚举，只能用这短短的七个字一带而过。而后两句是通过景物描写感叹物是人非。许多故人已经不再，许多情感已经改变，只有门前的镜湖水，日复一日地流动着，如同五十多年前那样。从这一句回看先前的“人事半消磨”，可知人事变迁已经给诗人内心造成了巨大的震撼，而伴随着这种改变的是诗人内心的哀叹，使得诗的格调变得尤为深沉。

“唯有门前镜湖水，春风不改旧时波”是以流水的不变写因为岁月流逝引起的人事变迁，这种写法在古诗文中较为常见。王雱的“忆高阳，人散后。落花流水仍依旧”、王勃的“阁中帝子今何在？槛外长江空自流”、李白的“凤凰台上凤凰游，凤去台空江自流”以及李煜的“留人醉。几时重？自是人生长恨水长东”等都是以流水不变写人事变化，而李白的“古人今人若流水，共看明月皆如此”、张若虚《春江花月夜》的“江畔何人初见月？江月何年初照人”等则是以亘古不变之明月写岁月变迁和物是人非。这样以物之不变写人事之变，两相对比，极有韵味。

苍劲铿锵

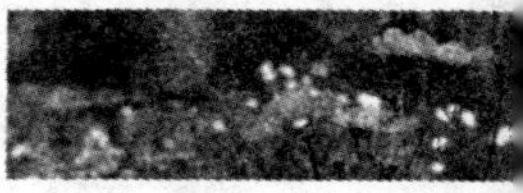

——《观猎》

风劲角弓鸣，将军猎渭城。
草枯鹰眼疾，雪尽马蹄轻。
忽过新丰市，还归细柳营。
回看射雕处，千里暮云平。

（唐）王维

诗到盛唐，开始达到一个前所未有的高峰，这一高峰到来的一个重要表现是山水田园诗派和边塞诗派两大诗派的形成，前者重要的作家有孟浩然、王维、储光羲、常建等，后者的代表则有高适、岑参、王昌龄、王之涣、崔颢，等等。值得注意的是，两个诗派的划分只是相对而言的，没有太过绝对的边界，更不是说两者是非此即彼的。

通常认为，王维是盛唐山水田园诗的代表。盛唐的山水田园诗主要有三个成就，一是将山水与田园结合得更加紧密，也把隐居田园的情趣和欣赏山水的优美融合得更加和谐；二是保留了陶渊明式的山水诗的淳朴而趋于优美，致使诗意与画卷结合得更为惬意；三是山水田园诗中往往具有更深的思想内涵，诗人在山水田园诗中寄托了自己高尚的情操和难言的身世之感。在王维的山水田园诗中，这样的特点得到了充分的体现，可以说，王维的山水田园诗达到了“心静为空”的无我之境。

或许正是因为王维的山水田园诗过于优秀，过于有代表性，往往掩盖了王维边塞诗的成就。事实上，王维曾两次赴边，对军旅生活有着较为深刻的了解和体验，所以他所写的边塞诗不完全是想象的凭空之作，而是具有自身感情经历和情感体验的，也正这个原因，他的边塞诗创作取得了突出成就。

王维的《观猎》所写的内容是一次军中狩猎。军队之中的狩猎可以说是日常生活之中的普通事件，王维对这一活动的描写确实十分精巧。

“风劲角弓鸣，将军猎渭城”一句，如果单就其所绘场景来说，虽说写得十分豪壮开阔，但并不能算得上是王维笔下诗歌之中的开阔之境：将军在渭城狩猎，风声雄劲，角弓也声声作响。然而这句诗的绝妙之处不在于它所描绘的境界，而在于它用以描绘境界的手法：首先是以听觉来写宏大之景，军队狩猎，将士们精神抖擞，目之所及，尽是战马扬起的沙尘，这应当是一幅让人震撼的视觉盛宴，然而王维却没有写眼前所见来表现这样的场景，而是用了听觉来表现，风声与角弓声相互映衬着，虽然没有用视角来表现狩猎景象，但一幅策马奔腾的豪壮之图跃然纸上。这句诗另一个绝妙的手法在于前后的安排上，作者先写的是自己所听到的风声和角弓声，由此感受到了热烈的场景，之后再写出诗的主题：这是将军在围猎啊。这样带有伏笔的隐藏手法，让场景的展现显得更加壮阔了许多。试想，如果将两句诗调换过来，所写之景依然是一样的场景，但给人的感染却截然不同。

“草枯鹰眼疾，雪尽马蹄轻。忽过新丰市，还归细柳营。”“草枯”“雪尽”四字如素描一般简洁、形象，颇具画意。“鹰眼”因“草枯”而特别锐利，“马蹄”因“雪尽”而绝无滞碍，颔联体物极为精细。这样的描写之下，既写出了狩猎时速度之快，但其中又带有很强的诗情画意，刚中有柔。后一句写的是打猎归来的场景，不过打猎归来，不写所获猎物之丰盛，转而通过“忽过”和“还归”来写出军队归来速度之快，这便增强了诗的意境，不让这首诗沦为单纯的描绘狩猎景象之诗歌。

“回看射雕处，千里暮云平。”在上一句时，其实整个狩猎活动已经结束了，然而诗歌的“意”却还没有结束。通过“回看”这一镜头，呈现出的是一幅诗境开阔的山河图景，而这样“暮云平”

的场景与诗歌开头“风劲”的场景形成对比，更展现出王维诗歌之中的“静”，即使是在以狩猎为题材的边塞诗中，依然透露着幽远之气。

边塞诗在唐诗中具有重要地位，在隋代以前，所有的边塞诗不足两百首，而仅仅唐朝就有两千多首边塞诗。自初唐到晚唐，边塞诗的创作延绵不断。不过，值得注意的是，虽然从初盛唐到中晚唐都有边塞诗的创作，但其内容和风格却全然不同。唐朝建立初期，国家日益昌盛，社会也日益繁荣安定，到了盛唐时期，边塞诗之中寄托着其他时期所没有的盛唐气象，因为那时候的唐朝国力强盛，边塞诗之中也就表现出更多的慷慨之气；到了中晚唐，随着社会的动荡和国力渐衰，边塞诗更长于思考和批判，风格也趋向深沉悲凉，与盛唐时期的热烈形成了鲜明对比。

王维算不上是一个正宗的边塞诗人，但他创作的边塞诗也是十分优秀的，融苍劲豪壮之感与幽远深长之情于铿锵之调中，这样的边塞诗也别有一番风味。

情寄红豆

——《相思》

红豆生南国，春来发几枝。

劝君多采撷，此物最相思。

（唐）王维

隋亡之后，迎来了中国历史上最强盛的朝代之一的唐朝。随着唐朝的政治、经济、文化都取得了突出成就，文学也登上了前所未有的高峰。唐诗可谓有唐一代之文学，取得了很多方面的成就，无论是从作家、作品数量还是题材、流派的丰富，抑或是体裁方面的健全来说，唐诗都是取得了中国古代文学史上难以逾越的成就。如果把唐诗比作绵延群山的话，那么杜甫、李白无疑是群峰之中最为雄奇壮丽的两座，然而在这两座高峰之前，有一座山峰显得格外耀眼，这便是王维。

王维少年之时便表现出极高的才华和学识，十七岁时便写下了至今依然脍炙人口的佳作《九月九日忆山东兄弟》，十九岁中解元，二十一岁进士及第。不过他之后的人生却不如少年之时那样的平坦流丽，由于政治争斗王维一度被贬，后受张九龄提拔，拜右拾遗，后由于张九龄罢相，王维也一度在终南别业和辋川别业之中过着亦官亦隐的悠闲生活。安史之乱爆发后，王维与当时大部分文人一样，经历了一段坎坷的遭遇，之后王维的思想逐渐趋于消极，开始过上了躲避现实的生活。

王维诗的最高成就是山水田园诗，其中既有宁静优美之作，也有壮美深渊之作。王维的诗最为后人所称道的是其中的诗画意境和哲理之思。也正因此，王维创作的其他风格和主题的表现友情、别离、怨念、爱情等的诗歌往往被后人所忽视。但正是在这些主题的诗中，王维为后世留下了很多经典之作。《相思》便是其中一首。

“红豆生南国，春来发几枝。劝君多采撷，此物最相思。”诗歌篇幅短小，但其中所蕴含的情感却是十分深挚的。这是借咏物而寄相思之情的绝句诗。除了《相思》这一题目外，还有《江上赠李龟年》一题，可见这首诗在创作之初是眷怀友人之作。开头一句因物起兴，语虽单纯，却富于想象；接着又以设问寄语，意味深长地寄托情思；第三句暗示珍重友谊，表面似乎嘱人相思，背面却深寓自身相思之重；最后一语双关，既切中题意，又关合情思，妙笔生花，婉曲动人。整首诗情调健美高雅，怀思饱满奔放，语言朴素无华，韵律和谐柔美。

红豆原产于南方，晶莹如珊瑚，南方人常用以镶嵌饰物。传说古代有一位女子，因丈夫死在边地，哭于树下而死，化为红豆，于是人们又称呼它为“相思子”。由此，红豆一物便有了寄托相思情谊的文化内涵。当然，应当指出的是，在唐朝之时，所谓相思之情，并不仅仅是指狭隘的男女之情，朋友亲人都可以用相思来表示内心情谊。

春天到了，南国生的红豆，已经发出几枝嫩芽了呢？南国不仅是红豆生长的地方，也是朋友李龟年的故乡所在，用红豆生南国一句起兴，让诗歌迅速进入相思寄情的主题之中。而后一句用疑问的语气来表现，则更加显现出心中的隐约之意。试想，如果将这一句“春来发几枝”换成“春来发新枝”、“春来发绿枝”、“春来发数枝”或者任意的实数来书写，那么其中的婉转诗意便会大大散失，而整首诗的意境和格调也会大打折扣。

“劝君多采撷，此物最相思。”这一句可以看成是作者对友人的叮嘱：你一定要多多采撷这代表相思的红豆啊；也可以看出是作者悲恸送别之时的哀婉叹息，其中没有“海内存知己，天涯若比邻”那样的豪迈慷慨，却也没有寒蝉凄切那样的冷清黯淡。不过，这句诗的妙处却不仅仅在于此处。首先，诗人说“此物”最相思，说红豆是最相思的东西了，然而相思之人明明是分别的友人而非南国之红豆，言红豆相思，事实上一方面是想要通过说红豆相思来将自己内心真实的软弱情感隐藏，作者不忍直言自己将会无比思念友人，于是通过说红豆相思来进行暗示；另一方面，这样手法却使得相思之情更加深重，用所起兴之物，再次表现相思主题。这句诗另一方面的妙处在于“相思”二字：在直言心中真实情感的同时，也与诗中起兴之物“红豆”所寓的相思之情相互呼应，相思之情，更重一筹。

王维的诗通常有“诗中有画，画中有诗”的说法，用来形容他诗中所描绘的静谧景色与其中所蕴含的幽远诗意的天然结合。在《相思》这首小诗当中，事实上这一点体现得并不明显，没有王维诗所普遍有的哲理之思，也没有空灵幽远的诗画意境，但这首诗中的真情厚意却成为了整首诗制胜的关键。也正是因此，这首诗也才在大浪冲沙的诗歌历史之中经久不衰，引起一代又一代人的共鸣。

李白观月

——《古朗月行》

小时不识月，呼作白玉盘。
又疑瑶台镜，飞在青云端。
仙人垂两足，桂树何团团。
白兔捣药成，问言与谁餐？
蟾蜍蚀圆影，大明夜已残。
羿昔落九乌，天人清且安。
阴精此沦惑，去去不足观。
忧来其如何？凄怆摧心肝。

（唐）李白

李白生长在繁华太平的盛唐时期，被后人称作“诗仙”，是唐代与杜甫齐名的最负盛名的诗人。作为伟大的浪漫主义诗人，他的诗文是中国古典文学浪漫主义的代表，开创了盛唐文学的繁荣气象。特别是他在乐府诗、歌行体以及绝句创作上，达到了后人几乎难以企及的高度。李白为人颇有道家遗风、仙家气质，性格可谓变幻莫测。因而他的诗文往往飘逸潇洒，意绪百端，一泻千里，意境之新奇难以想象。杜甫《寄李白二十韵》称赞他“笔落惊风雨，诗成泣鬼神”。

李白诗名在外，当时及后世都有不少诗人写诗称赞李白。如杜甫《春日忆李白》中的“白也诗无敌，飘然思不群”、《不见》中的“敏捷诗千首，飘零酒一杯”，如白居易《李白墓》中的“可怜荒垅穷泉骨，曾有惊天动地文”、贯休《古意九首之八》中的“常思李太白，仙笔驱造化”。明代方孝孺也在《吊李白》中写下过：“君不见唐朝李白特达士，其人虽亡神不死。声名流落天地间，千载高风有谁似？”这样的诗篇尚有许多，可见李白的诗文是多么受推崇了。

这首《古朗月行》是李白的一首五言古诗，全诗娓娓道来，亲切自然，又充满着李白式的浪漫主义丰富想象，使得诗歌具有独特魅力。诗歌开篇先讲述诗人小时候对月亮的看法，显得幼稚可爱。“小时不识月，呼作白玉盘。又疑瑶台镜，飞在青云端。”小时候我不认识月亮，只是根据月亮的样子，将月亮称作白玉盘。又怀疑它是瑶台仙宫中的明镜，飞在青天白云端。这几句诗语言极浅显，用了两个比喻，将月亮比作玉盘和镜子，符合儿童的想象。从中可以看出年幼时的李白已经对天上的明月充满了好奇心，也能勾起读者对月亮的美好记忆，这也为后面的诗句做好了铺垫。

“仙人垂两足，桂树何团团。白兔捣药成，问言与谁餐？”诗人随后描写了月宫中的情形。传说月宫中有仙人、桂树和玉兔，随着月亮的升起，诗人先看到了仙人垂着的两只脚，然后是那棵桂树。白兔将手中的药捣好，问可以和谁一起进餐。这几句诗是基于神话传说的想象，又写出了月亮升起，清光四溢的那种美感。然而，“蟾蜍蚀圆影，大明夜已残”，可恶的蟾蜍从月亮边缘开始吞蚀月亮，圆圆的月亮已经不再完整，月亮的光辉也黯淡下去了。“羿昔落九乌，天人清且安”两句写的又是神话传说。传说天上原本有十个太阳，使得人间十分炎热，很多生物都失去了生命。后羿为此射下了其中的九个太阳，使得天上人间免除了磨难。诗人在此写后羿这位射日的英雄，反映了现如今月亮遭到侵蚀却没有英雄挽救的失落。“阴精此沦惑，去去不足观。忧来其如何？凄怆摧心肝”，既然现在月亮被侵蚀看不清了，那就赶紧离开不要再看了。然而诗人对月亮的命运还是非常担忧，凄凉悲怆的情感使得诗人心肝俱痛。从此句中可见诗人心中对月亮遭遇的无奈以及他对月亮命运的关怀与痛心。他知道自己无能无力，想要离开却又不能，陷入了深深的矛盾中。

关于这首诗的主旨，沈德潜《唐诗别裁》说是“暗指贵妃能惑主听”，这个观点得到了许多学者的认同。“蟾蜍蚀圆影，大明夜已残”两句写蟾蜍蚀月，使得人间被黑暗所掩盖。这两句暗指杨玉环迷惑唐明皇，使得国家乌烟瘴气，为人民带来了灾难。这两句写得十分隐晦，可见李白虽然诗风豪迈，在诗歌的表达上却也是非常细致的。

这首《古朗月行》以一个儿童的视野写诗人对月亮的想象，充满了童趣。诗歌又融合了许多神话传说，用浪漫主义的笔调写出了月食的全过程，充满了神奇的幻想。诗歌虽然语言自然平淡，但清新俊逸，全诗节奏也如同行云流水，连贯通畅，在情感上也是由一个孩童的好奇心发展到对月亮被侵蚀的痛苦与无奈，诗人对月亮的一片深情由此可见。

以色事人

——《妾薄命》

汉帝重阿娇，贮之黄金屋。
咳唾落九天，随风生珠玉。
宠极爱还歇，妒深情却疏。
长门一步地，不肯暂回车。
雨落不上天，水覆难再收。
君情与妾意，各自东西流。
昔日芙蓉花，今成断根草。
以色事他人，能得几时好？

（唐）李白

《妾薄命》是李白的一首五言古诗，诗歌讲述了汉朝时期皇后陈阿娇从恩宠万千到被困冷宫的人生起伏，对“以色事人”之人提出了警告。全诗语言质朴无华，比喻简单易懂，也含有比兴寄托之意。

这首《妾薄命》共十六句九十个字，根据诗歌讲述的内容大致可以分成四个部分。在第一部分，李白用略带夸张的语言重现了陈阿娇受宠时的不可一世。“汉帝重阿娇，贮之黄金屋。咳唾落九天，随风生珠玉”，陈阿娇本是汉武帝的表姐，他在幼时就曾向他的姑母，也是长公主馆陶承诺长大后会娶陈阿娇，并“当作金屋贮之”。这便是汉武帝金屋藏娇的故事。汉武帝掌权后实现了诺言，当真建造金屋给阿娇居住，可见当时他对这位皇后的恩宠实在深厚。阿娇年轻得意，一时占尽春风，炙手可热，过了一段可以呼风唤雨的日子。可惜好景不长，“宠极爱还歇，妒深情却疏”，陈阿娇生性善妒，据传不让任何有姿色的女人靠近武帝。而汉武帝对她的宠爱在极盛之后回落，因为阿娇善妒的性格，武帝慢慢冷落阿娇，两人之间的感情越来越淡。“长门一步地，不肯暂回车”，陈阿娇最终被幽禁在长门宫内。长门宫与汉武帝的居所仅一步之遥，但是汉武帝的马车再也不会停在她的门口。陈阿娇只能听到他经过门前的声音，咫尺天涯，却再也难以一睹天颜。

诗歌的第三个部分，李白以形象的比喻说明一切已经难以挽回。“雨落不上天，水覆难再收”，从天空落下的雨滴怎么可能重新回到天上，被倾倒在地上的水也再难收回。事实上，陈阿娇在失宠之后做了很多努力，最出名的便是她不惜重金，请司马相如所作的那首《长门赋》。“忽寝寐而梦想兮，魄若君之在旁。惕寤觉而无见兮，魂迋迋若有亡”，“妾人窃自悲兮，究年岁而不敢忘”，一声一声，写尽了陈皇后在冷宫中对帝王的思念，也写尽了她的悲伤与哀怨。但是这首著名的《长门赋》虽然打动了很多人，却难以让帝王回心转意。“君情与妾意，各自东西流”，君王的恩情与女子的情意，就像一条往东的河流与一条往西的河流，方向不同的它们，怎么可能交汇相融？

“昔日芙蓉花，今成断根草。以色事他人，能得几时好？”诗歌的最后，李白运用比兴的手法指出了诗意所在。那曾经盛开的芙蓉花多么美艳，招蜂引蝶，风姿卓越。但现如今，季节一过，当花朵枯萎，它只留下了枯黄的枝干，像一颗断了根的小草，再也难以吸引他人眼球，等待它的命运就只有慢慢老去，慢慢死亡。同样地，如同芙蓉花的命运，那些用年轻时的美色维系感情的人，能够有多长久呢？诗歌的最后两句很有警示意味，诗人劝谏他人不能以色事人，因为以色示人之人，即使有短暂的得到，也难以长久。毕竟红颜易老，时光易逝。

在封建社会中，特别是在帝王后宫，女性的命运往往是悲剧的。她们的一生荣辱都寄托在能否获得圣宠之上，而君王向来薄情寡恩，后宫又佳丽三千，能够长情之人少之又少。当她们年轻貌美时，还能获得一时的荣宠，而当她们红颜老去，就不得不面对色衰而爱弛的悲剧命运。昔日风光无限的陈阿娇的金屋最后变成了困住她自由的牢笼，就算曾经宠冠后宫的赵飞燕最后还是受到了冷落。她们的命运就像杜甫在《佳人》中所写的那样，“但见新人笑，那闻旧人哭”，也正如鱼玄机《赠邻女》所说“易求无价宝，难得有情郎”。

李白的这首《妾薄命》看似是写男女之情，实际上是在以男女比君臣。李白一生都想实现经世致用的人生抱负，这首诗歌结尾就讽刺了那些在政治上“以色事人”，趋炎附势之徒。李白坚信他们即使短暂地获得了皇帝的信任和恩宠也绝对不会长久。

名花美人

——《清平调词（三首）》

(其一)

云想衣裳花想容，春风拂槛露华浓。

若非群玉山头见，会向瑶台月下逢。

(其二)

一枝红艳露凝香，云雨巫山枉断肠。

借问汉宫谁得似，可怜飞燕倚新妆。

(其三)

名花倾国两相欢，常得君王带笑看。

解释春风无限恨，沉香亭北倚阑干。

（唐）李白

《清平调词三首》是李白在长安供奉翰林时所作。天宝年间，唐玄宗在与杨玉环赏牡丹花时，不愿再听旧调，便急召李白写新乐章描绘眼前的名花美人。李白才思敏捷，挥笔而就，于是就有了这三首《清平调》，而这三首组诗不但获得了唐玄宗和杨贵妃的肯定，还传遍了长安城，获得了一致好评。

李白写作的这三首诗虽然是临时出题，临时创作，但立意独到，显得游刃有余，可见功力。第一首首句“云想衣裳花想容”就语出不凡。这一句连用了两个比喻，将贵妃华美的衣裳比作天边斑斓的彩云，又将贵妃美丽的容颜比作那娇艳盛开的牡丹花。这两句将眼前盛开的名花与唐玄宗最爱的美人天衣无缝地融合在一起，表现了杨玉环的花容月貌，国色天香。而后面诗句中出现的“花”自然也就代表着杨贵妃了。“春风拂槛露华浓”，春风明媚，轻轻地吹拂而过。那浓浓的华露衬得花朵更加美艳，随风轻轻摆动的身姿是多么迷人。古人常将春露比作帝王的恩爱，杨贵妃宠冠后宫，自然如那受到春露所惠的牡丹。从这样被春风照拂的牡丹上，自然可以想象杨贵妃美丽的容颜，摇曳的身姿，名花美女相得益彰，这是多么迷人的画面。

“若非群玉山头见，会向瑶台月下逢。”李白在此处又跳出了眼前美景的限制，将视野投放到那“群玉山头”、“瑶台月下”。“群玉山”和“瑶台”都是仙宫所在，在这两处所见、所逢的自然不再是人间的俗物俗人，这样的写法又给刚刚的名花美人增添了一股只能天上有的仙家气质。而拥有这名花美女的唐玄宗，自然也是气度非凡，乃是“天子”。这一句虽是夸赞杨玉环，却也含而不露地称颂了皇帝。而诗人自己因为皇帝的提携，有缘见到如此盛景，又是何等荣幸。李白在顷刻之间就能将这些内涵写得如此不露痕迹，显示了他在立意上的高明之处。

李白的这《清平调词三首》组诗最出众、传播最广的就是这第一首，尤其是第一句颇有盛名，但后两首诗也是名扬天下。第二首以“一枝红艳露凝香”开篇，继续状写牡丹，只是将范围缩小，聚焦在其中一枝花上。这一枝牡丹花如此红艳，花瓣上还有晶莹的露水，露水沾在花瓣上，仿佛也将花迷人的香味全部聚集在这里。这正是一朵鲜花最美艳的时刻，正如此时的杨玉环也处在人生最美丽的阶段，她的美貌是如此出众，如此夺人眼球。“巫山云雨”来源于古代的一个传说，是楚襄王朝思暮想，却又飘渺不可寻的所在。“巫山云雨”是如此不切实际，巫山神女到头来只是“枉断肠”而已。而诗人眼前的名花美女是如此真实、如此美好。“借问汉宫谁得似，可怜飞燕倚新妆”两句是写杨玉环美貌，直言一代佳人赵飞燕只能凭借新化的妆容才能与之比美，哪里比得上杨玉环天生丽质，就算不施粉黛也是绝色佳人。

襄王神女、汉宫赵飞燕，一位是传说中美女，一位是历史上佳人，李白用这两位来衬托杨玉环的花容月貌，以美比美，更显其美。

第三首诗歌，李白从历史和传说重新回到了真实之中。他直写眼前名花佳人倾国倾城，而“君王带笑看”也将唐玄宗入诗，使得名花、佳人和君王三者融合。没有这位爱花护花的君王，便没有鲜花如此盛放，没有佳人如此盛装明艳。而君王带笑，更是对眼前美景佳人的肯定。“解释春风无限恨，沉香亭北倚阑干。”有这么和谐美好的画面，就算春风怀有无限遗憾，从此处吹过，烦恼也会被眼前的景致化解，在沉香亭畔的牡丹园中倚阑而看。

李白的这三首诗从眼前的美景佳人写起，又融入了传说和历史，使得牡丹园中美丽的牡丹与杨玉环的美貌相得益彰，言此及彼，如此春风得意，李白又不露痕迹地在诗中将唐玄宗赞颂了一番，自然会得到唐玄宗的欣赏。评论家对此诗也好评不断，称其“语语浓艳，字字葩流”，《唐诗别裁》又赞其“三章合花与人言之，风流旖旎，绝世丰神”。可惜的是，李白在唐玄宗眼中仅仅是作为盛世的点缀，因为理想与现实之间的差距，李白在宫中的岁月也越来越失落，越来越难捱。

明月依旧

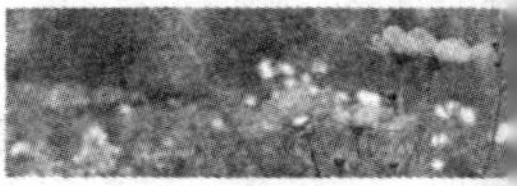

——《把酒问月》

青天有月来几时，我今停杯一问之：

人攀明月不可得，月行却与人相随？

皎如飞镜临丹阙，绿烟灭尽清辉发？

但见宵从海上来，宁知晓向云间没？

白兔捣药秋复春，嫦娥孤栖与谁邻？

今人不见古时月，今月曾经照古人。

古人今人若流水，共看明月皆如此。

唯愿当歌对酒时，月光长照金樽里。

(唐) 李白

《把酒问月》题下本有原注“故人贾淳令予问之”，是唐代诗人李白应友人之请而写的一首咏月抒怀诗。全诗共十六句一百一十二字，每四句一换韵。在这首诗中，诗人把酒问月，向那永恒的月亮提出了一系列疑问。全诗意绪百端，似随性挥洒而成，这样的写法在中国古诗词中难得一见，非常特别。

诗歌开门见山，语言也是相当的流畅自然，几乎没有使用生僻字。诗人把酒问天，是从什么时候开始，青天上已经有了明月？诗人停下酒杯，指天问月：人不可能攀登上月球，为什么月亮却一直与人相随？明亮的月亮就像飞天明镜照耀着红色朱门，遮蔽月光的浓重的云雾散去，月亮的光辉才会显现？为什么月亮每天从海上升起，却在云间沉没？白兔一直在天宫捣药，春去秋来，永不停止，那月宫里的嫦娥是在与谁作伴？现下之人有谁见过古时的月亮，现在的月亮却曾照射在古人身上。前人今人都像流水一样会逝去，但是看到的月亮都是如此亘古不变。只愿我当歌对酒时，皎洁的月光常在，可以一直照进我的酒杯。

从李白的诗文中可以发现，李白对月亮似乎有着特殊的情感和情结。他的诗中经常出现月亮这个意象，如妇孺皆知的思乡名作《静夜思》“床前明月光，疑是地上霜。举头望明月，低头思故乡”，如《宣州谢朓楼饯别校书叔云》中的“俱怀逸兴壮思飞，欲上青天揽明月”，诗人在情绪最高的时候想的是要摘取月亮，如《峨眉山月歌》中的“峨眉山月半轮秋，影入平羌江水流”，如《将进酒》中的“人生得意须尽欢，莫使金樽空对月”，这句也是与《把酒问月》中的“月光长照金樽里”相通的。李白的《月下独酌》“举杯邀明月，对影成三人”，“永结无情游，相期邈云汉”更是以友相待，将月亮视作一起饮酒舞蹈的好友。

古人对于宇宙总有许许多多的好奇，这样的好奇心在当时科学发展的条件下是无法解答的。而月亮作为地球唯一的卫星，更常引起古人的遐想。因而李白借着酒兴在诗中对月亮提出了许许多多的疑问。这些疑问是一气呵成接连抛出的，一个接一个，极有气势，也将诗人的好奇心表露无遗。而李白对于宇宙的思考实际上也是对自身命运及价值的探索。月亮是永恒的存在，它用清光普照人间，伴随着一代又一代人的成长和消亡，是历史的见证者。

对于诗人而言，月亮是神秘而亲切的，是有情却无情的，是热情却冷漠的。“人攀明月不可得，月行却与人相随？”月亮对于人类而言，既遥远，又亲近。人类的难以攀登让月亮显得冷漠，但它对于人类似乎又依依不舍，紧紧相随。在“皎如”两句中，李白将月亮比作飞镜，显得月光如此明亮。“丹阙”、“绿烟”色彩明亮，相互衬托，用动态写出了月亮之美。“但见宵从海上来，宁知晓向云间没？”两句写月亮的升与落，却不像太阳东山而升西山而落是一个完整的循环。它从海上出现却从云间消失，这对于诗人而言是多么神秘。“白兔捣药秋复春，嫦娥孤栖与谁邻？”是关于月亮的传说，诗人表达了对嫦娥孤独无伴的深切同情，而他的内心又何尝不是那般清高孤独呢？接下来的四句“今人不见古时月，今月曾经照古人。古人今人若流水，共看明月皆如此”是写人世短暂、月亮的永恒，并将这样的短暂与永恒相对比。这四句诗歌有着陈子昂“前不见古人，后不见来者，念天地之悠悠，独怆然而涕下”的悲凉。在这里，诗人的思考更加深入，似乎进入了哲学层面。最后，诗人提出了自己的愿望：唯愿当歌对酒时，月光长照金樽里。既然人生短暂，那就珍惜当下，在瞬间中把握永恒。

李白的这首《把酒问月》行云流水，纵横恣肆，从多个角度、多个层面描绘了月亮的形象，充满了对宇宙、对人生的深层思考。苏轼后来的《水调歌头·明月几时有》与李白的《把酒问月》有相承之处。苏轼词中开篇即是“明月几时有，把酒问青天”，接着又问“不知天上宫阙，今夕是何年”，颇有李白把酒问月之感。

难见长安

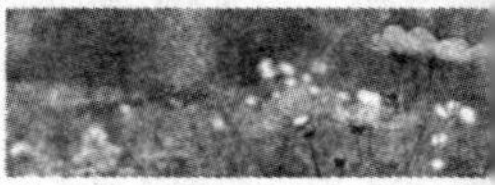

——《登金陵凤凰台》

凤凰台上凤凰游，凤去台空江自流。

吴宫花草埋幽径，晋代衣冠成古丘。

三山半落青天外，一水中分白鹭洲。

总为浮云能蔽日，长安不见使人愁。

（唐）李白

在李白现存的诗歌中，数量最少的是七言律诗。清代赵翼曾说：“青莲集中古诗多律诗少。五律尚有七十余首，七律只有十首而已。”而据另一位清代学者潘德舆统计“观其一生，七律只得八首”，而胡寿之的说法就更少了：“太白律止二三首。”而与李白其他类型诗歌的大受好评不同，他的律诗受到了一些评论家的诟病。如翁方纲就直言其“不工”，赵文哲也说“太白不善此体”，徐熊飞、贺贻孙等人都认为李白很少写律诗就是因为有自知之明，知道这不是他的长处。

《登金陵凤凰台》是李白的一首七言律诗，共八句五十六字。这是一首登高之作，也是一首怀古之作。《登金陵凤凰台》写于天宝年间，诗人离开长安，行至金陵。相传南朝时金陵凤凰山上曾有凤凰居住，凤凰台即位于凤凰山上。这是凤凰台得名的由来。李白登临凤凰台，心有所感，就写下了这首著名的诗歌。

李白曾经登临黄鹤楼，登高望远诗兴大发，但是看了题在墙上的崔颢诗歌《黄鹤楼》之后，不敢再提笔，不禁感叹“眼前有景道不得，崔颢题诗在上头”。相传李白写作这首《登金陵凤凰台》是要与崔颢的“黄鹤一去不复返，白云千载空悠悠”相比拟，而“凤凰台上凤凰游，凤去台空江自流”确实与“黄鹤”两句有相通之处，可谓等量齐观。想当年凤凰台上凤凰聚集，现如今凤凰都已飞走，徒留下空空的凤凰台和凤凰台前那不断流动的江水。短短十四个字中包含三个“凤”字，使得这一句有很强的节奏感。据《江南通志》记载，在宋元嘉十六年，有三只凤凰飞于凤凰台上，引得百鸟来朝。凤凰是中国古代传说中的神鸟，是一种祥瑞。凤凰远游不再回来意味着美好的东西已经消逝，那最好的时代再也难以企及，让人不禁联想到他在政治上遇到的挫折。而以永存的凤凰台和浩瀚的长江之水与之对比，更显得繁华易逝，人生无常。

“吴宫花草埋幽径，晋代衣冠成古丘。”这里的“吴”指的自然是三国时代叱咤风云的吴国领袖孙仲谋，吴宫是他曾居住的宫殿。然而现如今那曾经的美丽的吴国宫廷建筑已经荒芜残败，被杂草掩住了幽静的小路，再也找不到历史的痕迹。无论晋朝时期那些风流名士曾经多么出名，多么潇洒奢华有风骨，他们也都已经入土，成为一座座孤独的坟墓。这两句都是缅怀历史，表达曾经的繁华与盛名只是昙花一现，都将化为尘土。这就是时间的命运，也是不可避免的历史结局。

紧接着，李白将视线从历史转向眼前的自然风光：“三山半落青天外， 水中分白鹭洲。”根据陆游的《入蜀记》：“三山自石头及凤凰台望之，杳杳有无中耳，及过其下，则距金陵才五十余里。”李白站在凤凰台上，看到远处三山依旧，在青山外若隐若现，白鹭洲将长江水道一分为二。将这两句与前两句相对比，巍峨的人类建筑和时代的风流人物都已化为尘土，但是大自然的力量何其强大，它的气势如此恢弘，它的生命力如此顽强。李白此句将自然的威力写到无穷，格调高远。

“总为浮云能蔽日，长安不见使人愁。”李白在诗歌的结尾发出了这样的感慨。“总为浮云能蔽日”化用了陆贾《新语》中的“邪臣之蔽贤，犹浮云之障日月也”一句。浮云蔽日，诗人望不见长安城，忧虑非常。《登金陵凤凰台》前六句一直写的是历史、自然和传说，只有最后一句“长安不见使人愁”是直接抒情。长安是唐朝的政治中心，权力中心。浮云蔽日，不见长安意味着诗人难以接近权力中心，难以实现自己济世的抱负。茫茫的未来与茫茫的自然风光相交融，更放大了诗人内心壮志未酬的悲伤苦痛。

事实上，虽然只有诗歌最后一句是直写诗人的忧愁，但从诗歌的前一部分，我们也能深刻地感觉到。第一联中凤去台空象征着美好事物的远离，第二联中吴宫成为废墟，名士已入古丘，显然是怀古伤今，暗示诗人在政治上被排挤打击后内心的苦闷与悲怆。第三联写景，却突出了自然能力的强大，第四联首句又写浮云蔽日，一来以自然之力对比自己的渺小，二来用这些庞大不可阻挡的自然揭示他在前进路中遇到的障碍，第四句又直写内心悲凉。因而这种悲伤无奈又苦闷忧愁的情绪在诗中是一以贯之的，使得这首诗歌一气呵成。

笛起故园情

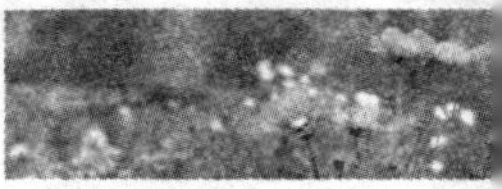

——《春夜洛城闻笛》

谁家玉笛暗飞声，散入春风满洛城。

此夜曲中闻折柳，何人不起故园情？

（唐）李白

《春夜洛城闻笛》描绘的是一个洛阳城的客居者在春夜偶然闻笛而产生的对故乡的无限思念。李白在年轻时就离开了故乡，四处游览，在祖国多个地方都居住过。这首诗写于开元二十三年，当时李白正客居洛阳，在深夜听到笛声后有感而发而写。这首七言绝句脍炙人口，是千百年来身在他乡的游子的心声。

诗歌开头写诗人在春夜听到不知从何而来的笛声，春风将笛声吹到了洛阳城的每一个角落。这两句诗的写法很有特色。诗人闻笛却不说闻笛，偏写笛声暗飞入夜，将自己置于一个相对被动的位置上。一个“暗”字说明诗人不知笛声从何而起，也不知是何人所吹。他是忽然听到这样的笛声的，它“暗飞”而来时，诗人也许正在忙着其他的事情，或者刚准备就寝。但是这样突然响起的笛声在诗人的内心掀起了巨大的波澜。李白寻着笛音的踪迹，只是这样的笛声已经随风散入空气，无处不在，无处不闻，充满了整座洛阳城。

从实际的角度考虑，笛声根本不可能遍布这么大的洛阳城，李白如此着笔，一是为了通过笛声表现城中的静谧。这种以声写静的写法在古诗词中已很常见。而人在一个安静的环境中特别容易沉浸于自己的情绪之中；二是一种虚写。当时的洛阳是被称为东都，是一座繁华的大都市，像李白这样客居的人在洛阳城中随处可见。写笛声满洛城是在说明人人皆可闻笛，那些客居的人心中都会吹奏起家乡的笛声。何况，在这个春夜散布的何尝只是笛声呢？更是人们心间浓浓的思乡之情。这样情满洛阳，自然是说得通的。

李白很喜欢在诗歌中通过笛音表现主人公内心的孤独或对故土的怀念之情。如《题北谢碑》中的“黄鹤楼中吹玉笛，江城五月落梅花”，《听胡人吹笛》中的“胡人吹玉笛，一半是秦声”，《从军行》中的“从军玉门道，逐虏金微山。笛奏梅花曲，刀开明月环”等。古人对萧笛之类具有文化象征意义的乐声总是会引发很多感触，王之涣有关“笛何须怨杨柳，春风不度玉门关”，刘长卿的《听笛歌》写过“天涯望月自沾衣，江上何人复吹笛。横笛能令孤客愁，绿波淡淡如不流”，刘禹锡的《酬乐天扬州初逢席上见赠》也有“怀旧空吟闻笛赋，到乡翻似烂柯人”。他们通过这样的载体抒发着内心无限的思念，这样的传统代代相传，感染了一代又一代中国人。

“此夜曲中闻折柳，何人不起故园情？”实际上又是一种共同的情感体验。因为“柳”谐音“留”，因而古人在离别之时，有折柳枝相赠的习俗，以表达送别者对于远行者的不舍。因而“柳”在送别诗中特别常见。隋朝就有“杨柳青青著地垂，杨花漫漫搅天飞。柳条折尽花飞尽，借问行人归不归”的诗句传世。其余著名的诗句包括白居易《青门柳》中的“为近都门多送别，长条折尽减春风”、杜甫《吹笛》诗中的“故园杨柳今摇落，何得愁中曲尽生”。张九龄也写过“纤纤折杨柳，持此寄情人”，柳永《雨霖铃》中有“今宵酒醒何处，杨柳岸，晓风残月”。李白除了这首《春夜洛城闻笛》，还在《宣城送刘副使入秦》中有过“无令长相思，折断杨柳枝”这样的句子。

那夜，李白在笛声中听到了《折杨柳》。《折杨柳》是一首充满惜别之情的歌曲，音调低沉哀怨，离人听之常起感怀。因为笛声满洛阳，所以洛阳城各处的客居之人谁会不在此刻思念故乡呢？李白在着笔的时候，并没有从自己的角度出发，而是用了一种肯定的揣测，用这个反问句加强了感情色彩。而事实上，他的这种主观判断的来源就是自己内心的感受。李白老家在四川，他在二十几岁就开始了自己漫长的旅途，很少在家乡居住。因而作为一名客居洛阳远离故土的人，他也就是在这个春夜闻笛起故园情的人。李白这样的述说角度巧妙地使这种情感成为一种共同情感，这样，他内心的思念更加急切，不可抑制。

《春夜洛城闻笛》是每个游子心间的一首歌，久久盘旋在他们的内心深处。当夕阳西下，万家灯火归于沉寂，所有的喧嚣与忙碌退去，这样的情感随着那悠扬的乐声悄然生长，如熊熊燃烧的烈火，惹得游子一夜难眠。李太白的一首七言绝句，以“笛”和“柳”为寄托，写尽游子心绪，尽显他的诗歌才华。

举杯销愁愁更愁

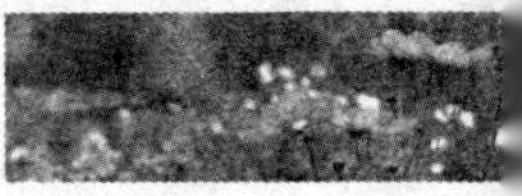

——《宣州谢朓楼饯别校书叔云》

弃我去者，昨日之日不可留；
乱我心者，今日之日多烦忧。
长风万里送秋雁，对此可以酣高楼。
蓬莱文章建安骨，中间小谢又清发。
俱怀逸兴壮思飞，欲上青天揽明月。
抽刀断水水更流，举杯销愁愁更愁。
人生在世不称意，明朝散发弄扁舟。

（唐）李白

《宣州谢朓楼饯别校书叔云》是李白的一首送别诗，写于天宝十二年，此时距离他担任翰林院的职位已经十余年了。谢朓楼是南齐诗人谢朓在宣城任职时修建。李白当时客居宣州，恰逢自己的族叔，担任秘书省校书郎的李云要离开，于是在宣州谢朓楼上送别李云，写下了这首千古绝唱。

李白是一个有着双重性格的人。一方面他希望可以从政而对民生社稷有所帮助，兼济天下。另一面又崇尚道家，希望可以逍遥江湖，快意人生。写这首《宣州谢朓楼饯别校书叔云》之前的十余年，李白在政治上受挫，于是纵情山水之间，过上了潇洒自在的日子，然而他在内心深处并不快乐。

诗歌的开头两句颇有结构隐喻的意味，抛开诗歌的饯别主题，直言自己的烦恼忧愁。昨天已经永远逝去，再也不可挽留，今日我却心绪烦扰，痛苦不堪。这两句开头与《将进酒》中的“君不见黄河之水天上来，奔流到海不复回。君不见高堂明镜悲白发，朝如青丝暮成雪”有些相似，都是开篇就写时间流逝不可停留，仿若横空出世，非人力能阻挡。诗人在缅怀过去，他越强调时光不可挽留就越说明他内心这种强烈的挽留渴望。而他言明今日的烦恼也正证明了今日的自己心有所求。既然诗人内心有所追求，就说明诗人仍怀着实现抱负的希望。

两句过后，诗人意兴大发，又开始了李白式的怀古歌唱，情绪也发生了变化。“长风万里送秋雁，对此可以酣高楼”前半句是写景，同时也是叙事。万里长风不辞艰辛送别秋天南归的大雁，这是拟人的手法，事实上是诗人李白正在谢朓楼上饯别将要离去的故人，“对此可以酣高楼”写的就是两人离别之前在高楼上酣然畅饮。虽是送别，但李白的这句诗并不显得忧伤，反而充满了豪情逸致。“蓬莱文章”使用了借代的手法，蓬莱山是传说中的仙山，相传具有很多藏书，此处指的是汉代文章。汉赋长篇铺叙，大肆铺陈，很有特点。“建安骨”自然指的是建安文学，建安文学风格刚健俊爽，影响深远。“中间小谢又清发”中的“小谢”即为修建谢朓楼的谢朓，他的诗歌深为李白所推崇，李白的“一生低首谢宣城”也是众所周知。这些提及的文章诗人都是李白所仰慕的，想到这样的诗文，李白不禁豪情万丈，“俱怀逸兴壮思飞，欲上青天揽明月”。可见此时的李白心情愉悦，心怀大志，甚至神思飞跃想要飞上青天摘取皎洁的明月。这样的李白狂性大发，似醉若狂，诗歌的浪漫主义色彩也达到了极致。

然而，情绪最高亢的地方也意味着情绪要开始回落，前一刻还要飞上青天的诗人李白下一刻就在感慨忧愁难销了。“抽刀断水水更流，举杯销愁愁更愁”是千古名句，抽刀去砍流水不但不能停下流水的流动，反而会让水流更加湍急，拿起酒杯借酒消愁，非但不能免除烦恼，而只会是愁上加愁。为了消愁而喝酒是在不断强化忧愁的能量，反而时时刻刻记挂着自己的烦恼。李白的忧愁由来已久，唐玄宗的一句“非廊庙器”打击了李白的政治热情，“济苍生、安社稷”的理想彻底幻化为泡影。因而无论李白多么飘逸豪爽，多么具有仙家气质，他内心总会有一种浓浓的悲伤感提醒着他命运的苦痛。但是诗人并没有消极的躲避忧愁，尽管知道自己所做的一切都是无用，但还是抽了刀，举了杯，颇有知其不可而为之的意味。

《宣州谢朓楼饯别校书叔云》的最后两句是“人生在世不称意，明朝散发弄扁舟”。这两句在诗意上承接上一句“举杯销愁愁更愁”。人生在世总有失意之时，难以称心如意也是常有，那么明天就披散着头发，驾着小舟随波逐流。从“昨日”、“今日”再到“明朝”，整首诗在时间轴上完成了从过去到现在再到未来的历程。而这也是李白情绪在诗中的第三次转折。古代男子束发是一种基本礼仪，所以他的散发是一种不羁的行为。他抛弃了日常规范，不再强求自己，而是放任自我，让那江海的波浪决定小舟的方向。此刻的他似乎又达到了那种没有忧愁、没有目的的境界。他不可治愈的悲伤，他难以实现的壮志，他不可消除的忧愁仿佛都在这江水之中被冲淡。但在诗歌的余韵中，我们能体味到那种不得不放手的无奈是多么绵长。

但愿长醉不复醒

——《将进酒》

君不见黄河之水天上来，奔流到海不复回。

君不见高堂明镜悲白发，朝如青丝暮成雪。

人生得意须尽欢，莫使金樽空对月。

天生我材必有用，千金散尽还复来。

烹羊宰牛且为乐，会须一饮三百杯。

岑夫子，丹丘生，将进酒，杯莫停。

与君歌一曲，请君为我侧耳听。

钟鼓馔玉何足贵，但愿长醉不复醒

古来圣贤皆寂寞，惟有饮者留其名。

陈王昔时宴平乐，斗酒十千恣欢谑。

主人何为言少钱，径须沽取对君酌。

五花马，千金裘，呼儿将出换美酒，与尔同销万古愁。

（唐）李白

《将进酒》是汉乐府的一个题目，是一首“劝酒歌”。如今流传最广的《将进酒》是唐代浪漫主义诗人李白的代表作之一，也是一首拥有很多千古名句的诗歌。诗歌大约写于天宝十一年，当时他与岑勋一起应邀到元丹丘家中做客，诗人与友人把酒言欢，便有了这首千古名作。

诗歌开篇即是两组对应的长句，大开大阖，挟风带雨扑面而来，气势如虹。“君不见黄河之水天上来，奔流到海不复回。君不见高堂明镜悲白发，朝如青丝暮成雪。”这两句诗实际上也组成了一组对比。黄河之水从天而降，汹涌澎湃的河水一路向东，再也不会复还；而镜中的容颜却那么经不住时间的考验，早晨镜中的满头乌发到了傍晚就已经如雪般白。前一句写黄河东去，势不可回，后一句写青春易逝，也是不可挽回。这两句都运用了夸张的笔法，突出了时间流逝之难返。而以黄河的蓬勃气势与人相对比，更突出了人力之渺小。两句“君不见”带着诗人强烈的感情色彩，是对天地命运的呼号。

感叹时间易逝之后，诗人由悲转乐，想要尽享欢乐时光，不要辜负了这大好时光。诗人自信非常，认为自己是天生之才，必能有所重用，而有了这么好的前途，破费钱财又算得了什么？李白说“人生得意须尽欢”，但对于之前一直执意仕途的李白而言，他真的“得意”了吗？不错，“凤凰初下紫泥诏，谒帝称觞登御筵”，他曾经出入宫廷，但这一切只是他梦中的幻影，“弹剑作歌奏苦声，曳裾王门不称情”，在宫中写诗并不是他渴望的抱负，因而他的这份差事也是不了了之。事实上的他非常失意，好像接近了理想，实际上却离理想越来越远。因而在此处，李白的“得意”更像是心内暂时的一种快意，因而他说“莫使金樽空对月”，要享受这快意的人生。“天生我材必有用，千金散尽还复来”是千古名句，他坚信人生且不为钱财所困，展现了李白一向的乐观、自信和豁达，言辞之间是充分的肯定，气派了得。

随后，李白与友人进入了欢乐的宴饮之中，他们烹羊宰牛，把酒言欢。在席上，李白献歌一首，向诸君劝酒。富贵生活有什么可以留恋，但愿我们可以长醉不复醒。自古以来的圣贤之人是多么寂寞，只有能够饮酒作乐的人才能在历史上留下名号。当初的陈王曹植爱好宴饮，那些日子是多么欢快。主人你何必要说没钱，只管买酒与我们共享。那些宝马狐裘都拿出来去换酒吧，让我们在饮酒间忘却这人生的忧愁。李白的献歌颇有反客为主的意思，哪有客人让主人卖了东西给自己换酒钱的？但正因为如此，才能体现出李白的狂放至极，体会李白性格中的豪迈与不拘小节。在李白“与君歌一曲”之中，李白运用了三字和五字短语，这些短语的运用加快了诗歌的节奏，仿佛那一杯杯的酒喝得更为尽兴。而这样多变的节奏更有一种韵律上的听觉美感。

李白的这首《将进酒》意气风发，有非常浓厚的诗情。这与李白在诗中运用了许多虚指的数词有关，诸如“千金”、“三百杯”、“斗酒十千”、“千金裘”、“万古愁”等。这些词自然并不是真实的数目，而是表示数量之众，使得诗歌诗情豪迈，非常具有浪漫主义色彩。读李白的《将进酒》，读者恍若也进入了李白与友人的宴饮，望着那狂放至极的大诗人手舞足蹈，浓厚的酒气从诗的字里行间飘散出来，惹得读者心醉。

从情感变化上看，《将进酒》先由时间易逝，岁月易老的悲伤转化为人生得意的快乐，这种快乐沉醉在酒精中变成了狂放和愤激。然而，李白的最后一句是“与尔同销万古愁”。至此读者才能真正地意识到，原来李白饮酒并非是因为快乐，而是为了销愁。但正如李白在《宣州谢朓楼饯别校书叔云》中所说的那样，抽刀断水水更流，举杯销愁愁更愁。这样一首写借酒消愁的诗，在李白的才情下，却是如此豪迈，如此曲折。全诗大起大落，鬼斧神工，节奏疾徐尽变，难怪他人要说“读李诗者于雄快之中，得其深远宕逸之神，才是谪仙人面目”了。只有这样的诗仙，才能写出这样的诗篇。

静谧幽远

——《峨眉山月歌》

峨嵋山月半轮秋，影入平羌江水流。

夜发清溪向三峡，思君不见下渝州。

（唐）李白

作为浪漫主义诗歌杰出代表的李白，在“诗言志”的方面有着超乎常人的能力和技巧。在他的诗歌中，往往能以充沛的情感和高昂的气势来感染读者，他所写的关于抒发自己志向和愁苦的诗歌，也都以激情澎湃的气势和精炼的艺术手法，影响着后来者。他的诗歌有很大一部分是抒发自己希望建功立业的雄心壮志和对理想生活的向往、追求；但李白的诗歌创作内容十分广泛，除了壮志凌云的豪迈之作外，李白的写景状物的诗作也十分出色。

李白的一生，有很长的一段时期是在漂泊和漫游中度过的。早期的李白在蜀中居家读书，诗歌往往以抒发抱负为主。在离家寻官之后，李白想走由隐到仕的路，这便是古代来说十分常见的“终南捷径”。隐士们隐居深山之中，希望自己的才华有朝一日能打动君主，从而进取爵位。于是李白在此后十多年的时间里一直在陆安周边漫游。这时的李白生活上对政治充满抱负和渴望，而经历之中又多有豪侠放荡之向往，再加上道家思想的熏陶，他的诗歌创作也就更多的表现对豪侠生活的赞美、歌咏山水和抒发羁旅之情。

“五岳寻仙不辞远，一生好入名山游。”李白游历过很多名山大川，对山水美景有着特殊的热爱，长江、黄河、峨眉、庐山、天姥、天门……在他的诗中，到过和未到过的风景，都成为吟咏的对象。李白在描写山水景色之时，格调也不是单一的，有的作品风格绮丽，充满奇思妙想，而有的作品则静谧高远，写景之中洋溢着浓情厚意。

《峨眉山月歌》是李白漫游山水之间，望月有感，便作此诗篇。峨眉山，在今天四川成都西南峨眉县。李白在多首诗歌之中都有涉及峨眉山，一首是《登峨眉山》，这是作者早期居蜀时所作，另一首是写于晚年的《峨眉山月歌送蜀僧晏入中京》。这一首《峨眉山月歌》则是写于作者二十六岁离开蜀地之时。如果说李白早期是为了访道求仙而登峨眉山,那么这首在他即将离蜀和离蜀后写的关于峨眉山月的《峨眉山月歌》，则主要是借以表达豪情壮志及其对友人的思念。

“峨眉山月半轮秋，影入平羌江水流。”半轮明月高高地挂在山头，月亮倒映在正在流动的平羌江的水面上。在这幅画卷中，有山、有水、有月、有影。在短短一句诗中，出现了四个紧凑而有幽静的意象，而且浑然天成，丝毫没有可以雕琢的痕迹，在客观描述之时，却将这景色描写得如此清绮曼妙，李白写景之力可见一斑。

在李白的诗歌之中，山、江都是常常出现的意象。“影入平羌江水流”一句，往往能让人想起李白《渡荆门送别》之中的诗句“山随平野尽，江入大荒流”。在两句诗中，江的意象的出现，便使得诗的境界变得开阔了许多。虽然李白要写的是送别亲友和告别故地的感伤之情，但却用这样意境开阔的诗句来交代送别背景，这便让送别之情变得更加豪迈，不至于缠缠绵绵、凄凄切切。

“夜发清溪向三峡，思君不见下渝州。”从清溪出发奔向三峡，看不到你了才发现已经到了渝州。如果说前两句是写景渲染的话，那么从第三句开始，李白便让自己出现在了诗歌之中。“我”即将告别这个地方向着三峡而去，去追寻自己的梦想，在这一路之上时时思念着你，知道看不见你了，才发现自己已经到了渝州了。这里的“君”指的是“峨眉山月”，李白让自己沉浸在这月色之中，让自己与这山月对话，将自己的一份深情诉予山月。在离去的路上，李白一路上看着这家乡的月亮，直到看不见的时候。在这样的告别之中，李白并没有直言自己对故地的一番深情厚谊，而是用这样的方法来表现自己心中对家乡亲友的不舍之情。

值得注意的是，李白的这首诗中，一共出现了五个地名，这样紧凑的布局本就不十分常见，而且五个地名的出现不是简单的叠加和连接，而是有着游历的线索，诗人离开家之后，依次经过的地点是峨眉山、平羌江、清溪、三峡、渝州，诗境就这样渐次为读者展开了一幅千里蜀江行旅图。而在这样短短的四句诗中，李白竟已出行千里，这不得不引人感慨。

在别离之中带着一份祝福，在远行之中伴随一份幽静。李白的《峨眉山月歌》在写景抒情上达到了冲淡的地步，描写峨眉山月，幽远而静谧，这静谧之中又透露着思乡念亲的苦愁，然而却又不至于把苦愁写得凄凉，这样高远的格调，古往今来又有几人能够达到？

奇思怪想

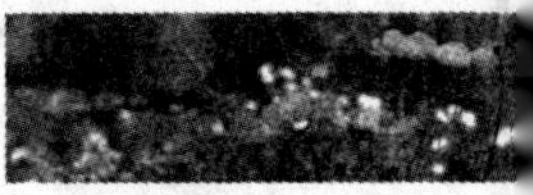

——《古风（其十九）》

西岳莲花山，迢迢见明星。
素手把芙蓉，虚步蹑太清。
霓裳曳广带，飘拂升天行。
邀我登云台，高揖卫叔卿。
恍恍与之去，驾鸿凌紫冥。
俯视洛阳川，茫茫走胡兵。
流血涂野草，豺狼尽冠缨。

（唐）李白

丰富奇特的想象是李白诗歌浪漫主义的一个重要特征。李白在生活中是个不羁之人，甚至称得上是自负之人，桀骜不驯的性格和现实中的种种遭遇，使得李白的诗歌创作中也流露着浪漫不羁的色彩，想象成为了他表现心中豪情的一个方法。在他的想象之中，有很多是光怪陆离、雄伟瑰丽的，令人惊心动魄，如《蜀道难》，也有很多是描写仙境奇幻的绚烂多姿，让人目不暇接，如《梦游天姥吟留别》。

不过李白并不是一个耽于幻想之人，在幻想之外，李白也关注着现实的世界，这就使得李白的诗歌之中，往往出现浪漫主义与现实主义相结合的作品，把想象中的世界当作现实世界之中的参照物来写，一面表现对想象世界的歌咏与赞叹，一面表现对现实世界的不满和控诉。在《梦游天姥吟留别》中，李白描写完想象中的仙境之后，转而抒发“安能摧眉折腰事权贵，使我不得开心颜”的现实感慨，将自己从想象之中拉回现实，发出了真实的自我呼唤。《古风·其十九》亦是用了同样的手法，在奇妙绚丽的想象之后，将自己对现实的不满书写得淋漓尽致。

想象是表现浪漫的一种主要手法。现实之中已有的东西当然不需要再去想象，想象之中的东西大都是现实之中不曾有过或已经逝去的。想象所表现的情感不外乎两种，一种是曾经拥有的事物如今已经失去，因此而想象曾经，来表示怀念和寄托；另一种则是未曾见到的景与事，大多是自己所不能到达的，以此来表现自己的志向，也透露出自己的不满。李白的想象大多属于后一种，在光怪陆离的想象之中，绽放的是李白豪迈浪漫的不羁气概，而从中也折射出李白对现实的种种不满。

诗的一开始，李白便描述了一个人间未曾得见的仙境，展现了一个莲峰插天、明星闪烁的神话世界。在李白的想象中，自己登上了西岳华山的最高峰莲花峰，远远看见了明星仙女。“素手把芙蓉，虚步蹑太清。霓裳曳广带，飘拂升天行。”仙女的手里把着皎洁的芙蓉，在太空之中，徐徐而行。仙女身上穿着飘逸的霓裳，就好像是云彩飘飘然飞上了天空一样。在这样的仙境之中，李白身处其间，感受到的是登升极乐的快慰。

仙女邀请李白一同登上彩云凝聚而成的高台，卫叔卿也在那云台之上，李白便向他恭敬地作揖致礼。卫叔卿是传说中的仙人，据《神仙传》记载，在汉武帝年间，卫叔卿以为汉武帝好道，便乘着云车，驾着白鹿去见汉武帝，但汉武帝对他只是以臣下之礼来对待，于是失望而去。事实上，这也是李白在暗自悲叹自己的仕途。李白曾经也怀着满腔的热忱，在天宝初年进入宫闱，然而最终却也未能得到皇帝的重用，于是将自己与卫叔卿比作同道中人，来表现自己心中的无奈之情。

然而，正当李白跟随卫叔卿而去，在太空之中驾鹤遨游的时候，他低头看到了洛阳一带，这个地方正被胡兵占据，人民惨遭屠戮，血流遍野，而逆臣安禄山及其部属却衣冠簪缨，坐了朝廷。诗歌一下子从幻想的仙境进入到惨淡的现实之中，无论是文风、格调还是情感都发生了翻天覆地的变化。

社会的动乱惊破了诗人幻想超脱现实的美梦，使他猛然从神仙幻境折回，转而面对战乱的惨象。诗至此戛然而止，没有交代自己的去留，事实上，诗歌的妙处也正在于此：将诗歌停止在转折的地方，没有去描写后续的经历，李白是否会放弃仙游来解救生灵，还是继续仙游隐逸，不食人间烟火，又或者是表达自己想要改变现实却又无能为力的无奈？我们不得而知，但是诗中李白正视和关切现实，忧国忧民的心情却是清晰可见的。

这样从仙境遨游到现实惨淡的突转，并非是李白的首创，早在屈原的《离骚》之中，便有“陟升皇之赫戏兮，忽临睨乎旧乡。仆夫悲余马怀兮，蜷局顾而不行”，都是在遨游仙境，只是突然目睹现实之中的悲凉，在浪漫之中，却又寄托着对现实苍生的大爱情怀。

在人们的印象之中。李白总是以白衣飘飘的逍遥游侠的身份出现，又或是畅饮欢唱、畅谈人生理想的理想主义者，李白也被冠上了“浪漫主义”诗歌代表的名号。然而在李白看似浪漫的一生之中，却充满着许多坎坷，也充满着对世间苍生的深深关切。李白是矛盾的，一方面他在寻找自己的解脱，游山乐水，信道崇仙；而另一方面却又再而三地为现实而苦恼，放不下自己的一生抱负，正是在这样飘逸与沉郁的矛盾之中，李白寻得自己生命的价值。

文章憎命达

——《天末怀李白》

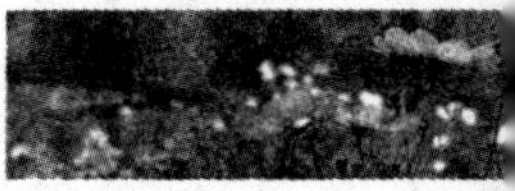

凉风起天末，君子意如何？

鸿雁几时到？江湖秋水多。

文章憎命达，魑魅喜人过。

应共冤魂语，投诗赠汨罗。

（唐）杜甫

李白与杜甫是中国古代文学的两座高峰，并称“李杜”，在文学史的评价上，两人也常常被摆在一起。韩愈就曾赞其“李杜文章在，光焰万丈长”。他们生活于同一个时代，李白长杜甫十一岁。两人虽然在诗文风格、个人性格、个人遭遇等方面有很多不同，但自在洛阳相识之后，他们就曾几次约见，还一起游于梁宋，可见两人私交甚笃。在当时，李白已经是闻名天下的大诗人，而杜甫诗歌却有些默默无闻。但两人在政治上有共同的失落感，因而能相互理解。

李白曾写过几首诗赠给杜甫，如《戏赠杜甫》、《沙丘城下寄杜甫》、《鲁郡东石门送杜二甫》等。杜甫敬重李白，他对李白亦师亦友。杜甫赠李白的诗要比李白所赠多得多，言辞之间尽是赞赏和思念，可见杜甫对李白的深厚情谊。杜甫的《寄李十二白二十韵》有“昔年有狂客，号尔谪仙人。笔落惊风雨，诗成泣鬼神”，《春日忆李白》称赞“白也诗无敌，飘然思不群”，《饮中八仙歌》写“李白一斗诗百篇，长安市上酒家眠，天子呼来不上船，自称臣是酒中仙”，《不见》写李白“敏捷诗千首，飘零酒一杯”，《与李十二白同寻范十隐居》有“李侯有佳句，往往似阴铿。余亦东蒙客，怜君如弟兄”，此外还有《冬日有怀李白》、《赠李白》、《梦李白二首》等诗歌都表达了杜甫对李白的仰慕与思念。

这首《天末怀李白》也是杜甫对李白的怀念之作。这首诗写于乾元二年，李白当时被流放夜郎，在途中遇赦还至湖南。作为李白好友，杜甫对李白十分怀念，便有了这首《天末怀李白》。

杜甫开篇就是对李白满满的关怀。“凉风起天末，君子意如何？鸿雁几时到？江湖秋水多。”寒风凛冽从天的尽头吹来，你现在的心情还好吗？我寄给你的书信你什么时候能收到？我好担心江湖险恶，风波频起。诗人以凉风起兴，写天气的寒冷自然也暗示着李白处境的悲凉。对此杜甫为李白送上了一句温暖的问候："君子意如何?"这句问候看似平淡，但正因为平淡才显得诗人不假思索，情真意切。随后的两句是深深的牵绊和挂念，杜甫给李白寄了书信，又担心江湖多险。"秋水"本是怀人之物，如今却成为杜甫与好友之间的阻隔。茫茫水域，两人难以相见，杜甫心间的惆怅与担忧跃然纸上。

"文章憎命达，魑魅喜人过。"能写出好文章的一般都不是命途坦荡之人，魑魅最喜有人从他身边经过。人在困顿时，常能有所作为。正如司马迁的《报任安书》所说的那样："此人皆意有所郁结，不得通其道，故述往事、思来者。乃如左丘无目，孙子断足，终不可用，退而论书策，以舒其愤，思垂空文以自见。"杜甫这句显然是对李白命途不顺的安慰，同时也夸赞李白诗文出色。而"魑魅"是传说中的一种鬼怪，它会吃掉走过它身边的路人。在这里，"魑魅"自然是意有所指，指的是陷李白于困境的恶人。他坚信李白是被他人所陷害。在这句诗中，杜甫用一憎一喜概括了历史上无数文人的共同命运，自然也能引起李白的共鸣。诗歌最后，杜甫以另外一位浪漫主义诗人屈原与李白相提并论。"应共冤魂语，投诗赠汨罗。"你与屈原一样蒙受冤屈，应在汨罗江投下你的诗篇，诉说你的冤情。屈原是先秦时期楚国著名的爱国诗人，却因为奸臣离间而被流放，最终在五月初五那日跳入汨罗江而亡。在杜甫心目中，李白与屈原一样，有着爱国报国之心，也一样因为蒙受冤屈而被流放。从这几句诗中，可见杜甫是懂李白的。他懂得他的一片爱国之心，懂得他的政治抱负，也懂得李白如今心内的怨愤与不平。而杜甫此时说“赠”汨罗，显然是觉得屈原虽死犹存，因而李白一定能完成他与屈原的对话。在这一个“赠”字里，我们也能感觉到杜甫鲜明的爱憎观。

自古英雄惺惺相惜，屈原、李白、杜甫都有一片赤诚的爱国之心，也都有着政治上的失意。杜甫的这首《天末怀李白》情感色彩非常强烈，但杜甫从细微处着手，担心恶劣的天气，担心李白在路上的不顺，情感表达百转千回，感人至深。《唐宋诗醇》曾评价此诗“悲歌慷慨，一气舒卷，李杜交好，其诗特地精神”。

命运悲歌

——《蜀相》

丞相祠堂何处寻？锦官城外柏森森。

映阶碧草自春色，隔叶黄鹂空好音。

三顾频烦天下计，两朝开济老臣心。

出师未捷身先死，长使英雄泪满襟。

（唐）杜甫

毫无疑问，写过“国破山河在，城春草木深。感时花溅泪，恨别鸟惊心”的杜甫是一名爱国诗人。生长在盛唐时期，但又经历过安史之乱的灾难，更让杜甫明白国家稳定、国富民强是多么重要，因而他的诗歌记录了整个国家的遭遇，他又常有忧国忧民之心，被称为“诗史”。

从杜甫的诗歌中看他的爱国主要有以下几种表现：一是赞美祖国的大好河山，在欣赏祖国风光之时又常能有忧患之心；二是对安史之乱的痛心，他著名的作品《春望》、《闻官军收河南河北》极具代表性；三是关心百姓疾苦，“三吏”“三别”是这类诗歌的代表。而在这首《蜀相》中，杜甫缅怀三国时期蜀国丞相诸葛孔明，讴歌了诸葛亮的爱国精神，也足以见得杜甫对国家的一片赤诚之心。

这首《蜀相》写于唐肃宗上元元年，杜甫当时已在四川成都的草堂定居。成都是当时蜀国建都的地方，建有武侯祠。杜甫特意去武侯祠祭拜，有感于诸葛亮无私的爱国精神及其命运悲剧，心有所感，便有了这首千古绝唱。

事实上，杜甫还写过一首《八阵图》怀念诸葛亮。诗曰：“功盖三分国，名成八阵图。江流石不转，遗恨失吞吴。”这首诗歌写于大历元年，先写诸葛亮三分天下、创造八卦图的卓著贡献，再写他对蜀汉政权的忠心如磐石不可转移，末句是对人物的遗恨的惋惜。虽然同样是怀念诸葛亮，然而在历史评价上，《蜀相》要优于这首《八阵图》。也可以说，在所有咏赞诸葛亮的作品之中，《蜀相》都是独一无二，难以超越的。

《蜀相》一诗，杜甫开篇先写祠堂所在：“丞相祠堂何处寻？锦官城外柏森森。”开篇两句一问一答，指出祠堂地点在锦官城外。

这样不疑而问，显然是诗人心中有所感慨。柏树森森，祠堂外肃静非常，这也是诗人内心的写照，可见诗人对诸葛亮的敬意。第二联写祠堂外的景致。春天已至，祠堂外阶梯上碧草青青，黄鹂在树叶间婉转歌唱。只是一片大好春光，生机盎然的景象。然而这样的美景，却是“自春色”、“空好音”，显然诗人无意欣赏美景，一切美景在他忧伤诸葛亮命运之时，都已成空。

写完祠堂景色，杜甫用“三顾频烦天下计，两朝开济老臣心”概括了诸葛亮为国操劳的一生。刘备三顾茅庐，诸葛亮在隆中就已设定了天下三分之势，如此远见，足见其军事才华。出山之后，他尽心辅佐刘备，匡扶刘禅，身为老臣，呕心沥血，至死方休。这两句诗是对诸葛亮人生的高度概括，写出了诸葛亮隆中对的旷世才华及鞠躬尽瘁，死而后已的爱国之心。李白也曾写《读诸葛武侯传》纪念诸葛亮，诗歌末两句为“鱼水三顾合，风云四海生”。诗中用鱼水比喻刘备与诸葛亮之间的关系，又以“风云四海生”写诸葛亮出山后改变天下大势，从此三国鼎立，风云四起。杜甫与李白的这两句诗都高度概括了诸葛亮的功劳与能力，但杜甫的“三顾频烦天下计，两朝开济老臣心”显然还表现了诸葛亮的赤诚之心。他不辞辛苦，夜以继日，使得诸葛亮的形象更具人格魅力。

最后一联“出师未捷身先死，长使英雄泪满襟”是对英雄悲剧命运的感慨。诸葛亮为蜀国制定了一系列作战计划，但无奈在功业未成之时就病死军中。如此，他空有惊世才华却难以成大业，空有爱国报国之心却难以救国。面对这样的悲剧性结局，怎么可能不流泪，不遗憾，不悲愤？与杜甫的这两句诗类似，白居易《咏史》的尾联为“前后出师遗表在，令人一览泪沾襟”，陆游《书愤》的尾联为“出师一表真名世，千载谁堪伯仲间”。杜甫、白居易、陆游诗歌显然有共通之处，但杜甫和白居易诗歌更突出人物的悲剧命运，陆游《书愤》更注重对诸葛亮才华的肯定。

自古英雄惺惺相惜，杜甫与诸葛亮一样，都有一片爱国之心。特别是在安史之乱之后，杜甫饱受战乱之苦，对于三国时代的诸葛亮的一生有了更深刻的感悟。他遗憾这位旷世奇才的一生以“出师未捷身先死”的悲剧结尾，更担忧国家的命运、人民的命运。他希望能出现如同诸葛亮这样的贤臣拯救国家于危难，在这首《蜀相》中凝聚了他对国家未来的美好祝福。

悲喜欲狂

——《闻官军收河南河北》

剑外忽传收蓟北，初闻涕泪满衣裳。
却看妻子愁何在，漫卷诗书喜欲狂。
白日放歌须纵酒，青春作伴好还乡。
即从巴峡穿巫峡，便下襄阳向洛阳。

（唐）杜甫

杜甫的诗达到了中国古代现实主义诗歌的高峰。他的现实主义描写，绝不仅仅是对生活的简单描述，而是对现实进行更为深刻、精练的思索。在对历史、社会现实和个人生活的描写之中，杜甫都能在准确而深刻地描写客观现实的基础之上，在情感上达到主观与客观的高度协调，使得其现实主义作品不仅仅是对社会生活的反映，也是自己主观情感的表达。

杜甫被称为“诗圣”的原因除了现实主义诗歌的成就之外，还在于：一方面，他的诗歌创作在艺术手法和表现技巧上都达到了炉火纯青的程度，另一方面，他的作品中，各体皆工，而且各体俱佳，为中国诗歌体裁的发展做出了重要贡献。

《闻官军收河南河北》是一首七言律诗，虽然在体式上不同于杜甫的代表作“三吏三别”，但作品无论从技巧、人物形象还是情感上来说，都达到了一定的高度，是杜甫律诗的代表之作。

“剑外忽传收蓟北，初闻涕泪满衣裳。”在剑门关外忽然听说官军收复蓟北，一听到的时候，止不住的泪水浸满了我的衣裳。杜甫是一个爱国诗人，他经历了唐朝由盛转衰的巨变，对家国山河有着特殊的情感，他的一生都充满着爱国忧民的情感。写下这首诗时，杜甫五十二岁，那时的他正与妻儿在蜀中一起过着漂泊无依的生活。这时的唐军在洛阳和衡水附近打了一场胜战，收复了河南洛阳附近的和郑（今郑州）、汴（今开封）等地。杜甫听到这个消息喜极而泣，写下了这首诗来表现自己心中对国土的热爱。

“却看妻子愁何在，漫卷诗书喜欲狂。”回头看看妻子和孩子，昔日挂在脸上的愁苦已经消失得无影无踪，胡乱匆忙地收拾着诗书欣喜若狂。在杜甫喜极而泣而对时候，回头看看家人，也都充满着惊喜之情，昔日因为贫苦流离而笼罩全家的乌云已经风消云散了。

自前一句点题写出杜甫心中的大喜而泣的惊喜之后，又以家人之惊喜，增强了诗人所想要表现的主题和情感。

“白日放歌须纵酒，青春作伴好还乡。”在白日里引吭高歌，纵情饮酒，大好的春色正好伴着“我”返回家乡。杜甫出生于河南巩县，故而这里说“还乡”。这句诗歌依旧是写心中的欢喜，从听闻失地收复，到漫卷诗书，再到欣喜还乡，这样的连接好像平淡无奇，但其实却在这简短的三句诗歌之中，让惊喜之情一步一步向前推进，一点点加深。

“即从巴峡穿巫峡，便下襄阳向洛阳。”这一句事实上写出了杜甫预想的“还乡”行程，立即出发，穿过巴峡再穿过巫峡，到了襄阳之后再转向洛阳。这样的描写更加体现出杜甫心中的“喜”气。在听闻官军收复河南河北之时，杜甫便早早地收拾行囊准备返乡，而且连行进的线路都已经制定好了，其心中“归心似箭”之感跃然纸上。

杜甫的诗歌往往以“沉郁顿挫”而著称，在语言上盘旋委婉，情感上深挚沉雄，在很多杜甫的忧国爱民的诗歌中，这一点都得到了很好的体现。但在这首《闻官军收河南河北》之中，在情感上，没有了沉郁之感，也没有用顿挫的手法来让情感变得艰涩，而是直抒胸臆地表现自己的欣喜若狂，将自己听闻失地收复之后的惊喜之情流彻舒畅地表达出来。尤其是后两联，流畅而跳跃，深挚而直接，更称得上是杜甫诗歌之中难得的浪漫活泼之句。

当然，这首诗的成功之处的关键还在于杜甫对细节的把握和处理。诗中的行文看似平常，但仔细推敲不难看出，所有的惊喜之情都是通过细节和短时间内的描写来达到的。“忽传”、“初闻”、“却看”、“漫卷”、“即从”、“便下”等词，都是对刹那间行为的细节描写，将诗人心中悲喜欲狂的心态展现得淋漓尽致。更为令人叹为观止的是，这是一首律诗，在一首律诗之中出现细节描写本就是一件不容易的事情。而在杜甫的这首诗中，却如此大量地进行细节描写，而且其中还能运用自如，毫无修饰雕琢的痕迹，可以说杜甫在这首诗里真正做到了“戴着镣铐跳舞”。

诗以言志，诗以寄情。在杜甫的诗歌里，从来不缺乏深挚的感情，虽说杜甫擅写沉郁顿挫之风，但无论是离愁别恨还是欢欣鼓舞，杜甫都能让其得到最为合适的展现。

安得广厦千万间

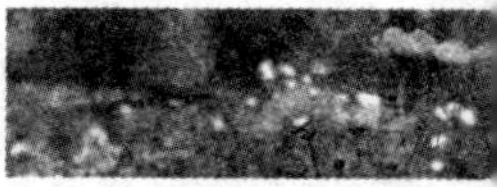

——《茅屋为秋风所破歌》

八月秋高风怒号，卷我屋上三重茅。
茅飞渡江洒江郊，高者挂罥长林梢，下者飘转沉塘坳。
南村群童欺我老无力，忍能对面为盗贼，
公然抱茅入竹去，唇焦口燥呼不得！归来倚杖自叹息。
俄顷风定云墨色，秋天漠漠向昏黑。
布衾多年冷似铁，娇儿恶卧踏里裂。
床头屋漏无干处，雨脚如麻未断绝。
自经丧乱少睡眠，长夜沾湿何由彻？
安得广厦千万间，大庇天下寒士俱欢颜，风雨不动安如山！
呜呼！何时眼前突兀见此屋，吾庐独破受冻死亦足！

（唐）杜甫

这首《茅屋为秋风所破歌》是上元二年时杜甫所写。当时的杜甫十分贫困，好不容易才由亲友资助在四川有了一个安身的茅屋。但是第二年，这间茅草屋就因为风雨遭到破坏。诗人联想到战乱以来自己的不幸遭遇，忧及天下苍生，不禁感慨万千，于是写下了这首《茅屋为秋风所破歌》。

这首诗歌先叙事，再抒情。杜甫的诗歌非常注重押韵，讲求韵律的和谐，这首《茅屋为秋风所破歌》也不例外。诗歌的前五句都为七言，五句诗句句押韵，为平声韵。在这五句诗中，诗人叙述了自己的草屋因为被风雨吹打而破漏的事情。八月里的秋风怒号着，狂风卷走了我茅草屋上盖着的几层茅草。茅草随风乱飞，吹到了江对面的岸边上。飞得高的茅草被风缠绕在高高的长树枝上，飞得矮的飘转着落到了池塘和洼地。他好不容易才盖起来的茅屋就这样在狂风中败下阵来。在这段叙事中，杜甫运用了很多动词，就像一组动画一样展现在读者面前，吸引着读者的注意力，让读者的心绪随着茅草的飘动而转移。杜甫失去了遮盖屋顶的这些茅草，我们可以想象他内心是多么焦急，多么无助，只恨老天太无情。

然而杜甫的茅屋不仅遭遇了天灾，还遭遇了人祸。“南村群童欺我老无力，忍能对面为盗贼，公然抱茅入竹去，唇焦口燥呼不得！归来倚杖自叹息。”南村的那群孩子欺负我年老无力，竟然当着我的面就做起了盗贼。他们公然抱走了我的茅草进入竹林，我喊得口干舌燥也喝止不住，只能回来倚着拐杖独自叹息。在这几句中，杜甫的形象正式出现了，拄着拐杖的他是如此的老迈。他看到淘气的孩子抱走了为他及家人挡风遮雨的茅草，不断喝止却徒劳无功。这是一幅多么无奈、多么残忍的画面。孩童兴许是为了好玩才抢夺杜甫的茅草，或者是因为自己的家园也需要这些茅草，然而他们毕竟是孩子，老而无力的杜甫对此束手无策，只能眼睁睁地看着这一切发生。这样的杜甫自然能引起读者的同情，不禁为他的命运而担心。

“俄顷风定云墨色，秋天漠漠向昏黑。布衾多年冷似铁，娇儿恶卧踏里裂。”不一会儿，风渐渐停了，低低的云层像墨水一样乌黑，深秋的天空就这样变得昏黑。穿了多年的寒衣冰冷得像铁块一样，孩子睡相不好早就把被子蹬破。杜甫渲染了风雨欲来的气氛，显然他的心情也如天气一般低沉。他甚至没有御寒的衣物，晚上睡觉盖的被子也残破不堪。“朱门酒肉臭，路有冻死骨。”杜甫年幼的孩子曾死于饥寒，看到此处，我们不禁为他的命运而忧心。而接下来的四句：“床头屋漏无干处，雨脚如麻未断绝。自经丧乱少睡眠，长夜沾湿何由彻?”无不诉说着他生活的艰难。因为屋顶漏雨，床头已经没有干燥的地方，雨珠密密麻麻从屋顶落个不停。自从安史之乱之后我就很少睡眠，漫漫长夜，屋里湿漉漉的，我怎么捱到天亮？在这之前，杜甫所写的一直是个人的悲惨遭遇，但他的这句“自经丧乱”却提醒着读者，如杜甫这样没有可以遮风避雨的房屋的苦寒人绝不在少数。而从此处，我们也能感觉到杜甫对于安史之乱的痛恨。

诗歌最后，杜甫许下了他的心愿："安得广厦千万间，大庇天下寒士俱欢颜，风雨不动安如山！呜呼！何时眼前突兀见此屋，吾庐独破受冻死亦足。"我如何才能有千万间宽敞明亮、风云难动的高楼，来庇护天下的贫寒人士让他们尽展笑颜？啊，什么时候眼前能够出现这样的房屋，就算只有我的草庐破陋，只有我被冻死我也就满足了。杜甫在这种情况下，不禁幻想若他能获得千间广厦那该多好。而他想要获得这些房屋的初衷却是为了天下的贫寒之士，希望他们可以不再受风雨之苦。杜甫这种为国为民的情怀不因自己的境遇而改变，他能够在自己的苦难中推己及人，并且愿意牺牲自己成全他人。这样的诗人是如此无私，如此伟大。

孟子曾说"穷则独善其身，达则兼济天下"。在穷苦中苦苦挣扎的诗人还能够为天下苍生着想实在难能可贵，而这句诗歌也感动了无数后人。《唐宋诗醇》评价这首诗说："极无聊事，以直写见笔力，入后大波轩然而起，叠笔作收，如龙掉尾，非仅见此老胸怀，若无此意，诗亦不可作。"

人生浮沉

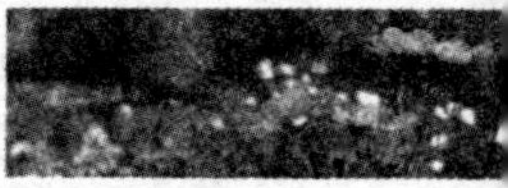

——《登岳阳楼》

昔闻洞庭水，今上岳阳楼。

吴楚东南坼，乾坤日夜浮。

亲朋无一字，老病有孤舟。

戎马关山北，凭轩涕泗流。

（唐）杜甫

岳阳楼在今天的湖南岳阳市，濒临洞庭湖。在宋人范仲淹的《岳阳楼记》之中，曾有这样一段关于岳阳楼和洞庭湖的描写：洞庭湖“衔远山，吞长江，浩浩汤汤，横无际涯；朝晖夕阴，气象万千”，“北通巫峡，南极潇湘，迁客骚人，多会于此”。岳阳楼与滕王阁、黄鹤楼并称江南三大名楼。古往今来，无数文人墨客在途径此楼之时，都会登高而赋，以示瞻仰。杜甫自然也不例外，在登临岳阳楼之时，也写下了自己登楼之时的感慨。

关于登楼，杜甫以前的唐代才子诗人们留下了一大批登楼而赋的作品，所登之楼各有殊异，因而所感之情也不尽相同。最早关于登楼的诗赋之一，是当时“初唐四杰”之一的王勃在登临滕王阁之时所写的《滕王阁序》及《滕王阁诗》，“落霞与孤鹜齐飞，秋水共长天一色”，深远开阔的意境千百年来无出其右者；崔颢的《登黄鹤楼》当属最著名的登楼诗之一，“故人已乘黄鹤去，此地空余黄鹤楼。黄鹤一去不复返，白云千载空悠悠”。登高而悲，心中有万分愁思，以至于一山一水都让人感到苦愁。崔颢留下这“日暮乡关何处是，烟波江上使人愁”的诗句，让诗仙李白也赞叹“眼前有景道不得，崔颢题诗在上头”。当然，李白也同样写出了名流千古的登楼之作《登金陵凤凰台》，“凤凰台上凤凰游，凤去台空江自流”，与崔颢的《登黄鹤楼》有异曲同工之妙，而李白所抒的“总为浮云能蔽日，长安不见使人愁”的情感也与崔颢如出一辙。

“昔闻洞庭水，今上岳阳楼。”身为读书之人，早就已经听说过洞庭湖和岳阳楼的大名，终于能够登上岳阳楼，本应该是一件快事，心中当有欣喜欢愉。然而杜甫却没有这样的感受。在看到洞庭湖浩浩汤汤的湖水之时，杜甫心中所产生的想法却带着悲愁和苍凉：“吴楚东南坼，乾坤日夜浮。”这里原本是吴国和楚国的交接之处，日月乾坤也是从这里升起的。《水经注》中形容洞庭湖是“湖水广圆五百里，日月若出没于其中”的大湖，当这样一个吞没日月的庞然大物呈现在眼前的时候，杜甫难免也会感到苍凉之悲。

前人登楼，看到的景象越是宏伟壮阔，就越是容易引发对宇宙宏大寥落的感叹和对人生渺小的感慨。陈子昂所说的“念天地之悠悠，独怆然而涕下”便是指这样的情景。杜甫作为后来者，登上岳阳楼之时自然也难免流于前人情感，有登高而赋、悲从中来之凄苦。然而杜甫不同于别人，他没有感叹宇宙浩大，没有感慨时间匆匆人生苦短，也没有感慨曾经得失患然，而是在这天地流水之间，感叹家国山河破碎，感慨自己孤苦无依的悲凉。

“吴楚东南坼，乾坤日夜浮”看似在诉说历史场景，实则是杜甫在以史述今，诉说今日家国。杜甫生于盛唐，经历了大唐王朝的由盛转衰的大动荡时期。在长期的漂泊生活中，杜甫亲眼目睹了整个国家的沧桑变化，也目睹了许多人情冷暖，可以说，在杜甫整个人生的诗歌创作之中，家国和百姓是贯穿始终的一个重要主题。即使自己也已经孤苦无依的时候，杜甫的心中依然装着天下黎民百姓和国土山河，所以，看到昔日上古吴楚两国的分界，于是想到今日家国边疆。在这句看似感慨历史的诗句中，杜甫所隐含的是家国破碎的悲愁与苦恨。

“亲朋无一字，老病有孤舟。”远方的亲人朋友没有寄来过一封书信，人老年迈、体弱多病的时候，也只有这孤舟为伴。在这句诗中，杜甫毫不隐晦地诉说着自己的孤苦无依，我们仿佛能看到一个骨瘦如柴的老人，离家远走，逃避祸乱，独自在孤舟之上，顺江而下，不知前程几何。

“戎马关山北，凭轩涕泗流。”想起北方战事又起，杜甫的心中便更加感到愁苦，眼泪也止不住地流淌。在诗的最后，杜甫将诗歌的情感，从个人孤苦交还家国之悲，在这个年老无依的老人的心中，即使到了悲苦交加的末路穷途，依然流淌的是家国社稷的血液，所关心的事物不仅仅只有自己孑然一身的凄凉，更关心着天下黎民的命运。

《登岳阳楼》，入题简捷，意境雄浑，转折陡峭，感情浑茫。起承转折之间衔接无暇，语言简练成熟，风格苍茫而凄凉，是杜甫五律的代表之作；其中所状述的孤苦无依、老弱枯病的孤独也是杜甫人生的写照；上悯国难，下痛民穷，关心家国社稷和黎民众生之情，也是杜甫一生所孜孜以求的精神境界。后来人有孤苦如杜甫者，有关心家国如杜甫者，但如此人生浮沉之叹，千百年来也未有甚于杜甫者。

慷慨激越

——《登高》

风急天高猿啸哀，渚清沙白鸟飞回。
无边落木萧萧下，不尽长江滚滚来。
万里悲秋常作客，百年多病独登台。
艰难苦恨繁霜鬓，潦倒新停浊酒杯。

（唐）杜甫

“沉郁顿挫”是后人对杜甫诗歌风格的概述和评价，这样的评价符合杜甫的人生经历和情感历程，也符合了杜甫大部分诗歌所透露出的苍劲和深刻。然而伟大的诗人往往不是只会写一种情感，在杜甫的诗歌中，不仅仅有感伤家国离愁才会引发这样的“沉郁顿挫”，事实是，这种“沉郁顿挫”的气质可以说贯穿在杜甫大部分的抒情诗作之中。

“沉郁顿挫”是指诗中的情感而言的，“沉郁”指深挚、沉雄、郁结之意，主要是侧重于作品在感情上的深度和力度；“顿挫”有抑扬曲折、句断意连、波澜起伏之意，主要侧重的是作品在感情上的节奏、层次。如果说“沉郁”是指诗中内在的精神气质的话，那么“顿挫”则是指诗歌外在的表现手法。内在的情感积淀通过外在的表现形式得以体现，而外在的体现形式也与内在的“沉郁”之气相互协调统一，充沛的“沉郁”之情感想要表现却不能得到很好的表达，好像被什么东西所阻塞住了，情感宣泄的节奏不稳定，无法一下子倾斜而出，然而在这样的不稳定中，“沉郁”的情感反而得到了淋漓尽致的表达。可以说，“沉郁”与“顿挫”两者内外结合，互为表里，支撑起杜甫抒情诗的创作主题。

杜甫沉郁顿挫风格的形成，与他的经历、思想和美学追求是密不可分的。安史之乱以前，杜甫生活在盛唐的繁华之中，盛唐气象培育了杜甫诗歌磅礴的气魄和崇高的理想，但涉世之后，尤其经历安史之乱以后，杜甫对于现实中的种种不公遭遇和江河日下的国家境况有了更深的了解，这让杜甫诗歌的情感宽广许多。再加上杜甫所关注的最主要的创作主题是“忧国”与“忧民”，然而这两者之间却又往往存在着矛盾，朝廷不宁，黎民受难。在这样的矛盾之中，也就难免会有情感想要宣泄却又得不到表达的情况，这便造就了杜甫“沉郁顿挫”的抒情诗歌风格。

也正因此，“沉郁顿挫”的诗歌风格往往出现在杜甫表现忧国忧民和抒发自己不幸遭遇的作品之中。而杜甫对自己的诗歌有着高度的自信，各种体式的诗歌杜甫都能写得很好，可谓诸体皆作，而且在各种体式的诗歌创作上都取得很高的成就，对中国诗歌的发展做出了很大贡献。正因为此，杜甫在短篇的格律诗中依然能发挥其沉郁顿挫的特点。

《登高》是杜甫重阳登高时所作。天高风急，秋意杀人，猿啼哀啸，微微泛白的河岸沙洲之上，候鸟在来回盘旋。这是杜甫登高所看到的眼前之景，在自然风光的描写之中，诗的境界并不局限，而是表现出开阔的一面，然而也正是这开阔之中，奠定着整篇诗作的悲凉基调。秋意袭人，风之凄急、猿之哀鸣、鸟之回旋，都受着无形的秋气的控制，仿佛万物都对秋气的来临惶然无主，这样的悲秋时节，杜甫自然也无法逃脱。

“无边落木萧萧下，不尽长江滚滚来。”这是诗中流传千年的经典之句，可以说是字字珠玑，句句金玉。落叶飘零，无边无际，纷纷扬扬，萧萧而下；奔流不尽的长江，汹涌澎湃，滚滚奔腾而来。“无边”和“不尽”，将整个画面的范围无限地扩大了，杜甫当然看不到天边的落叶，也看不到长江的尽头，而这样的诗句却将整首诗描述的画面拓宽到天边去了。“萧萧”、“滚滚”则写出了落叶和江水的速度之感，落叶虽然令人悲伤，长江流水纵使使人苦愁，然而加之“萧萧”、“滚滚”二词之后，这样的悲苦就好似加速了一般，把悲秋到来的突然和诗人面对悲秋时的猝不及防体现得淋漓尽致。

“万里悲秋常作客，百年多病独登台”依然用着夸张的手法，来直言自己的悲苦之情，悲秋万里，苦病百年，独在异乡，孑然登台，无奈之情跃然纸上。“艰难苦恨繁霜鬓，潦倒新停浊酒杯。”世事艰难、生活困苦已经让我的双鬓斑白，想要饮酒来浇灭心中忧愁，却又无奈伤病潦倒已经使得杜甫不能再举起酒杯。

这是一首写景抒情之诗，悲秋时节，独自登楼，心中难免愁苦，再加之此时的杜甫已是孤苦无依满身伤病，更让人觉得几分凄凉，然而这凄凉之中却也透露着几分慷慨之气。杜甫虽然悲秋，但却没有因为秋日苦愁而低下头，即使在哀叹之时，也依然昂起自己的面容。中国诗歌的发展历程之中，涌现出很多优秀的诗人，为后世留下了许多佳作。然而在众多优秀诗人之中，当得起“伟大”这一称号的诗人寥寥无几，杜甫无疑是其中一位。

笛音满山

——《塞上听吹笛》

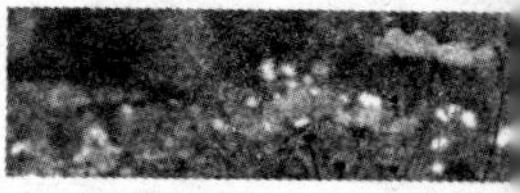

雪净胡天牧马还，月明羌笛戍楼间。

借问梅花何处落，风吹一夜满关山。

（唐）高适

边塞诗起源于先秦时代，在汉魏六朝时期就获得了进一步发展，到了唐朝则发展为最盛。唐朝时期的边塞诗不但数量庞大，在质量上也无可挑剔，出现了一大批上乘之作，也出现了固定的边塞诗作者群。这些诗人往往有在边塞行军打仗或者在边塞游览的经历，诗歌多表现边塞风光，边境战士的艰苦生活以及他们的思乡之情等。边塞诗派的代表作家有高适、岑参、王昌龄等，李白、杜甫、王维等也有边塞诗创作经历。

高适与岑参并称“高岑”，是我国唐朝时期著名的边塞诗人。高适的诗歌雄浑悲壮，慷慨激昂，格调高亢，情绪往往奋发向上，为后人留下了许多著名的诗句，如《别董大》中的“莫愁前路无知己，天下谁人不识君”、《燕歌行》中的“君不见沙场征战苦，至今犹忆李将军。”

在这首《塞上听吹笛》中，诗人描绘了一幅动人的画面。在胡天北地，这里的冰雪已经消融，边塞的牧马已经从草原回来，明亮的月光洒在城楼上，羌笛声在四处回荡着。想问那梅花落在了何处，原来被一夜的风吹到了关隘山川的每个角落。

高适的这首《塞上听吹笛》有两个主要内容。一是表现宁静、祥和的塞外风光，二是表现戍城将士的思乡之情。历来写塞外风光，诗人都喜欢表现其严寒、萧瑟、寂寥，如李益《夜上受降城闻笛》中的“回乐峰前沙似雪，受降城外月如霜”寒气袭人，王之涣《凉州词》中的“黄河远上白云间，一片孤城万仞山”雄伟壮阔而又荒凉寂寞，李白《关山月》中的“明月出天山，苍茫云海间。长风几万里，吹度玉门关”表现了塞外的辽阔壮观。而高适却用“雪净胡天牧马还”还原了塞外的安详、宁静，有着浓厚的生活气息。“雪净”二字写冰雪融化，可以想象冰土解冻，春天已经来临，于是诗中便有了暖意；“牧马还”写放马归来，这是与边塞的金戈铁马有着极大反差的情景，战士们如同赶着马群回来的牧民，悠哉快乐。高适在这景物描写之中传递给读者的是一种和平的信号。

为了表现戍城将士的思乡之情，高适在此诗中颇费了一番心思。诗歌第二句“月明羌笛戍楼间”中，天空中的月亮在边塞的城墙上洒下清辉，然后是悠扬的羌笛之声不知从哪个城楼上传来。羌笛是羌中的一种乐器，它便于携带，比一般的笛子更为轻小。羌笛的演奏形式较为简单，这也加速了羌笛在士兵之间的传播。羌笛之声深沉、低厚，传达了守城战士寂寞苦闷、思念家乡的心声。在边塞诗中用羌笛之声表现战士思乡之情的诗歌有许多，比如王昌龄《从军行》中的“更吹羌笛关山月，无那金闺万里愁”、温庭筠《定西番》中的“千里玉关春雪，雁来人不来，羌笛一声愁绝，起徘徊”、范仲淹《渔家傲》中的“羌笛悠悠霜满地，人不寐，将军白发征夫泪”等。相比这些诗句，高适的“月明羌笛戍楼间”从视觉和听觉两个方面着手，但也没有特别的过人之处。

这首《塞上听吹笛》最具有艺术价值的便是三四两句了。第三句“借问梅花何处落”一语双关，暗藏了羌笛名曲《梅花落》。《梅花落》是汉乐府中二十八横吹曲之一，流传已久。韦庄的《阳间》就写过“牧童何处吹羌笛，一曲梅花出塞声”。高适的这两句诗看似写诗人的想象，表现梅花被春风吹得遍布关山，具有很强烈的画面感，想那梅花飞舞，画面十分唯美。而实际上，高适表现的是那悠扬的《梅花落》一曲，那缠绵凄切的笛声随着一夜的春风传遍了关山。这句诗与李白《春夜洛城闻笛》中的“谁家玉笛暗飞声，散入春风满洛城。此夜曲中闻折柳，何人不起故园情”有相似之处。《折柳曲》与《梅花落》都是名曲，两位诗人都在诗中用春风传递乐声，最后还都用了“满”字以形容乐声传播之广，表现思乡之人比比皆是的情况。不同的是高适的三四句虚实相间，“风吹梅花落”极富想象，乍看似是实写。胡地何来梅花，这梅花恐怕也只是开在守城战士们心间的思乡之物，毕竟“君自故乡来，应知故乡事。来日绮窗前，寒梅着花未。”

高适此首《塞上听吹笛》写塞上风光而不凄凉，写战士思乡而少有哀怨。高适的乐观开朗，感而不伤由此可见，难怪沈骐以为高诗“闲远”。这样豪迈的性格展现了盛唐的繁华气象，也是高适诗歌能够在边塞诗中突围而出、名满天下的主观原因之一。

悔教夫婿觅封侯

——《闺怨》

闺中少妇不知愁，春日凝妆上翠楼。

忽见陌头杨柳色，悔教夫婿觅封侯。

（唐）王昌龄

王昌龄是盛唐时期著名的边塞诗人，诗歌题材主要为边塞诗、闺怨诗和宫怨诗。王昌龄擅写七绝，被誉为“七绝圣手”。清代沈德潜曾评：“五言绝右丞、供奉；七言绝龙标、供奉。妙绝古今，别有天地。”供奉即为李白，龙标为王昌龄，可见其七绝水准可与李白媲美。王昌龄早期便诗名在外，代表作包括《出塞》、《从军行》、《芙蓉楼送辛渐》等诗歌。总体而言，王昌龄诗歌气势恢宏，格调高亢，语言上注重音律和谐，极有意境之美。

这首《闺怨》是一首闺怨诗。古代的闺怨诗主要表现思妇和弃妇的感伤心理，也有的是描写少女情窦初开，渴望爱情。因为是写闺阁女人的忧伤，因而被称为“闺怨”。中国古代著名的诗人多为男性，他们的闺怨诗以女性的视角来写，显得细腻、缠绵而情长，别具风格。

“闺中少妇不知愁，春日凝妆上翠楼。”闺阁中的少妇，从来不识愁滋味。春天来临，她细心装扮，上了翠楼。王昌龄开篇描绘用“不知愁”形容这位少妇。这首诗题为《闺怨》，诗人却道女主角“不知愁”，与题意的反差可谓独出心裁。而从“不知愁”这三个字中，可见少妇年纪并不大，丈夫在家时对她照顾有加，生活幸福美满，导致了她的“不知愁”。如此描写，使得这位少妇有了几分天真，几分娇憨。她愿意细心地装扮可见她心情畅快，登上翠楼是为了欣赏这春日里的美景。登楼赏春的描写又为这位少妇增添了几分成熟的气韵。仅仅两句，王昌龄就将这样一位带着天真气的少妇写得惟妙惟肖，跃然纸上。不同于其他闺怨诗中满篇皆是愁思，满篇都是哀怨，王昌龄此诗独具一格，也更加有层次感。

诗歌的第三句“忽见陌头杨柳色”是全诗的转折。这位“不知愁”的少妇登楼远望，视线中忽然出现了路边那几棵杨柳，心内波澜瞬起。“柳”谐音“留”，古人在离别之时，有折柳枝相赠的习俗，以示离别。昔我往矣，杨柳依依。今我来思，雨雪霏霏。路边的几棵柳树已经抽新芽，一片春意盎然之色，然而“杨柳青青著地垂，杨花漫漫搅天飞。柳条折尽花飞尽，借问行人归不归”？望着这一片翠绿的杨柳，少妇想起了自己远在他乡的丈夫。她回忆着他们过往生活的点点滴滴，想着他们的新婚，想着他们曾一起登楼看景，又想到自己与丈夫的离别，想到自己如今孤苦无依。也许她还想到了丈夫征战沙场的场面，黄沙遍地，寒冷肃杀，不知道边疆的春天有没有来到。她对丈夫的思念、自己孤独伤春的哀怨、对丈夫的担心……种种思绪汇集在一起，使她再也不能平静，再难“不知愁”。

这样的忧愁来得如此之快，先前尚不知愁，这一刻却已经不能自已，“悔教夫婿觅封侯”的心绪流露得如此自然。从诗歌的最后一句，我们可以了解到这位少妇先前是支持，甚至劝说丈夫外出征战，希望他能闯出一番事业，封侯拜将，光耀门楣。若在平日，若没有看见这杨柳依依的春色，少妇对丈夫的思念之中必然带着几分希望几分期许，关心丈夫之余还关心他是否有了战功，是否得到了赏识。但是在这靡靡春色之中，她对丈夫的思念无法遏制，这样的忧愁痛苦吞噬了她的内心，她再也不想丈夫寻求什么荣华富贵、功名利禄，只愿她与他能够时时相守，恩爱白头。她此刻的思念是那么纯粹，只出于内心的情感，再也没有平日里的那份“觅封侯”的执念。

从这位“不知愁”的少妇，很容易联想到辛弃疾的《丑奴儿·

书博山道中壁》：“少年不识愁滋味，爱上层楼。爱上层楼。为赋新词强说愁。而今识尽愁滋味，欲说还休。欲说还休。却道天凉好个秋。”自从瞥见那依依的杨柳之色，她就已经“识尽愁滋味”。王昌龄写少妇的愁思也不是为了写愁怨而强说愁，这种情感是少妇的自然流露，尽是真情实意。然而丈夫在外，少妇的这种忧愁，还有谁能够听见？

王昌龄的这首《闺怨》是他同类题材作品中最出色的。王昌龄在描绘这位少妇时用笔非常细腻而含蓄。少妇的情感变化系于一片杨柳色，只在一瞬之间，构思精巧，显得非常微妙。这样的安排让这首诗篇非常有层次感，写出了少妇情绪流动的过程，就如同一条蜿蜒流动的小溪流，溪流虽小，但源源不断，直达心间。王昌龄在此诗中写情感变化又不直写，促使读者自己展开丰富的想象，增加了诗篇的艺术魅力。相对于其他满篇都是忧愁，满篇都是离情别绪的诗篇，这样的一首七绝是多么动人而真切。难怪后人常将他的七绝与李白对比，认为王昌龄与李白“争胜毫厘，俱是神品”。

生死情

——《苏小小墓》

幽兰露，如啼眼。

无物结同心，烟花不堪剪。

草如茵，松如盖。

风为裳，水为佩。

油壁车，夕相待。

冷翠烛，劳光彩。

西陵下，风吹雨。

（唐）李贺

中唐著名的“鬼才”诗人李贺在他27年短暂的生命历程中，

留给后世 233 首诗。他与另外两位唐代著名诗人李白、李商隐合称唐代“三李”，诗歌洋溢着浪漫主义色彩，是中唐到晚唐过渡时期唐诗发展的关键人物。

李贺诗歌中最出彩的出莫过于他的“鬼诗”，在现存的两百多首诗歌中其中有八十多首提到了鬼神，而真正描写鬼魂精怪的也有十余首，且多名篇，诸如《苏小小墓》、《老夫采玉歌》、《南山田中行》、《感讽》等。可以说，在中国文学史上几乎没有第二个像他这么纯粹写鬼的诗人。因其诗刻意追求创新，想象丰富，立意新奇，辞藻瑰丽，形成了奇崛幽峭、秾丽凄清的独特风格，世称“长吉体”，但同时有些篇章又晦涩难懂。

李贺的“鬼诗”为人称道之处在于其意境，阴冷凄凉，悚人毛骨。但对于李长吉“奇峭诡谲，瑰丽凄恻”的特色，历来褒贬不一。宋代魏庆之在他的《诗人玉屑》中说“天地间自欠此体不得”。欧阳修、宋祁也在《李贺传》中说：“辞尚奇诡，所得皆警迈，绝去翰墨畦迳，当时无能效者。”但更多的则是垢病之辞。因为李贺的“鬼诗”与中国古代注重现世进取的传统文化心理相悖，圣人孔子尚不言怪力乱神，故在儒学正统的背景下，李贺之诗在很长一段时间内并没有得到公允的评价。

李贺的这首《苏小小墓》是他鬼诗的代表作，诗题中的苏小小是南齐钱塘名妓，今天杭州西湖边上还保留着苏小小的坟墓。“幽兰露，如啼眼。无物结同心，烟花不堪剪”，诗人开篇就生动地刻画了苏小小的形象。她挂着泪珠的眼睛就像幽静的兰花上凝着的露珠，如此晶莹剔透。眼睛是心灵的窗户，如此美人，李贺只单单写她的眼睛，却收到了极好的效果。兰花具有高洁的气质，品格高尚，遗世而独立。以幽兰作比，这两句诗不但表现了苏小小外形的美丽和气质的高雅，还展现了她内心的哀伤。这是一个哭泣忧伤的女子形象。她为爱痴狂，却没有东西用来与情郎绾结同心，那璀璨的烟花盛开之后便是灰烬，怎堪剪去相赠。这两句诗又加重了苏小小内心的痛苦，心中有爱却无法宣泄，心中有爱却不能与相爱的那个人在人世厮守到老。

“草如茵，松如盖。风为裳，水为佩。”从此四句诗歌中，读者可以确认刚刚那泪眼凄迷的苏小小已经是一个鬼魂。她以草为被，以松木为伞盖，把那风儿当作自己的衣裳，把那流水叮咚作为自己的配饰。这四句实际上是写那孤寂的坟墓，却连用了四个比喻，再度塑造出苏小小美丽的形象。“油壁车，夕相待。冷翠烛，劳光彩。西陵下，风吹雨”，这六句化用自古乐府《苏小小歌》中的“我乘油壁车，郎乘青骢马。何处结同心？西陵松柏下”。她生前所乘的油壁车还朝夕等待着载她去见情郎。然而西陵之下风吹雨打，只有幽暗的鬼火在闪烁着，徒费光彩。苏小小再也无法乘车与情郎相会，与他一起永结同心，白头到老。

李贺在诗中运用了很多冷色调的词汇，如“幽”、“啼”、“烟”、“冷”、“劳”等。这些词汇渲染了诗歌中哀怨悲伤的气氛，也一再提示着读者苏小小的生命已逝，以及她身为一个鬼魂内心的孤寂和幽怨。诗中的苏小小形象美丽而哀怨，然而就算生命已逝，苏小小还执着着心中那份青梅竹马，依旧如活着时那样，等待着自己的爱人，期待着自己的爱情。这样的生死之恋让人唏嘘不已。人生是多么的短暂，世事又变化万千，生命终会有它的尽头。这首《苏小小墓》被清人概括为“仙才，鬼语，妙手，灵心”，是非常贴切的。

李贺歌诗中的生命意识非常强烈。他对自己身体的虚弱早有感受，因为常年生病而对死亡有着特殊的恐惧。苏小小作为一个在花季死去的生命对李贺有着异常的触动，这大概也是此诗的另一命题所在。因此，他在“鬼诗”中寄托了诸多情愫。李贺为人有些恃才，人缘极其一般，对于时间的焦虑无处发泄，对于人生的感慨无处言说，也正是这些看似阴森的“鬼诗”给了他书写内心的平台，反而在凄惨幽寒中给了他内心的安宁。

烟雨楼台

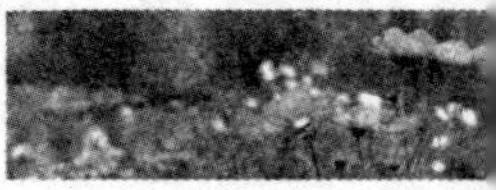

——《江南春》

千里莺啼绿映红，水村山郭酒旗风。

南朝四百八十寺，多少楼台烟雨中。

（唐）杜牧

杜牧所在的时代已经是晚唐时期。最繁华的岁月已经过去，最美好的时代已经消逝，取而代之的是日益尖锐的社会矛盾和腐败的政治。在经过盛唐诗歌的豪迈高亢、积极乐观之后，晚唐诗歌总体上显露出一定的疲态，虽有少数作品有盛世遗风，但大多体现了对盛衰的感慨，诗中的伤悼情绪十分浓厚，因而多怀古之作。杜牧与李商隐并称“小李杜”，是晚唐诗歌的两位代表人物，也是晚唐诗人中诗歌成就最高的两位。

杜牧才气纵横，在政治上亦有所求，渴望建功立业。表现在诗歌上，他不满晚唐出现的绮靡诗风，讲求经世致用，自称“苦心为诗，本求高绝。不务奇丽，不涉习俗。不今不古，处于中间”。杜牧诗文情调高远，不重形式而重内容，诗歌豪迈俊爽。他最擅长七律与七绝的写作，尤以七绝诗作成就最高，《赤壁》、《山行》、《泊秦淮》、《寄扬州韩绰判官》等七绝作品都颇受好评。

这首《江南春》是杜牧著名的七绝作品，也是他抒情诗的代表作之一。诗歌以鲜明的色彩描绘出了一幅美丽的江南春景图。江南好，常引得游人痴迷陶醉，自古以来状写江南美景的诗歌层出不穷，尤其是江南春景，几乎已被文人墨客写尽画尽。杜牧的这首诗意境新奇，穿越古今，又能在如画的美景中融入自己的思想感情，将江南美景表现得如此独特。

诗人写江南之景，向来都喜欢选取典型意象典型地点，杜牧的这首《江南春》以“千里莺啼绿映红，水村山郭酒旗风”开篇，并没有着眼于江南一角一景，而是视野开阔，一句“千里”想将整个江南都妙笔勾勒出来。千里之远，整个江南都响彻着黄莺那动人的鸣叫声，莺歌燕舞，绿树红花，色彩如此鲜艳。这就像一幅飘逸的水墨画，仅仅几笔，并未细致地描绘，却独具朦胧之美。江南水乡，山清水秀，酒旗在随风飘扬，酒香自然四溢，这又给这幅自然山水图增添了一股人气。前两句共十四个字，从整个江南写起，提及了黄莺、红花、绿叶、水村、山郭、酒旗、春风等江南景物，磅礴大气，却又巧夺天工，勾画出一片鸟语花香、有声有色的江南美景。

这首《江南春》的精妙之处在于后两句：“南朝四百八十寺，多少楼台烟雨中。”江南雨季，烟雨蒙蒙，在这薄雾轻烟之中，诗人的画卷中隐隐约约出现了几座寺庙。它们隐藏在山林雨雾之中，若隐若现。寺庙这个地点本就十分特殊，佛学禅理为寺庙增添了一种幽静感和深邃感，而烟雨楼台更将其衬托得朦胧而又神秘。诗人特别提及了这些寺宇修建的年代——南朝。南朝是历史上最崇尚佛教的朝代之一，梁武帝更是大肆兴建庙宇。因而杜牧诗中的这些庙宇成为了时代的见证者，它们从南朝一直保留到了诗人所在的晚唐。当然，“四百八十”只是南朝时期的数字，发展到唐代必然会有所折损，因而这个数字只是为了说明数量之众，已非实指。这些保留下来的寺庙与现如今的江南楼台共存于世，体现出了时空的演变。正如韦庄《台城》所写，“江南靡靡江草齐，六朝如梦鸟啼空”，时光易逝，岁月无常，一切早已物是人非。

然而我们可以想象，当初梁武帝修建寺庙，自然是为了求佛佑护，能巩固其政权。但是两三百年以来，政权早已更替，这是对南朝大兴佛教，劳民伤财的一个讽刺。杜牧主张经世致用，向来反对佛教，特别是在晚唐佛教又有大兴之势的情况下。国家在寺庙建设中浪费了大量民力，修建的费用又要由普通民众承担，自然会在物质上给人民带来苦难。在烟雨朦胧的江南，那些在南朝大费周章所修建的寺庙只不过成为了历史的遗物，只是江南景色的点缀而已，因而诗人笔下那些留存的寺庙是杜牧对当权者大兴土木的一个警告。

杜牧的这首《江南春》诗中有画，以他宏大的视野表现了江南春天的盎然生机，又将这样的景色笼罩在烟雨朦胧之中，极致地表现出了江南的特点。在这样的美景之中，杜牧怀古伤今，蕴含了他对奢靡之风的讽刺，表现出了他对于国家的担忧。

辑四

谐美韵律永流传——宋元明清近代

盛唐的光辉早已经黯然，但是那和谐美好的韵律不会消散。后人还是像他们的先辈那样，握紧了笔，忧虑着属于他们的时代，凭栏远眺，儿女情长。是他们，为中国的古典诗词抒写着不会结束的乐章。

积水空明

——《记承天寺夜游》

元丰六年十月十二日夜，解衣欲睡，月色入户，欣然起行。念无与为乐者，遂至承天寺寻张怀民。怀民亦未寝，相与步于中庭。

庭下如积水空明，水中藻、荇交横，盖竹柏影也。

何夜无月？何处无竹柏？但少闲人如吾两人者耳。

（北宋）苏轼

苏轼是北宋著名文学家，是“唐宋八大家”之一，与父亲苏洵、弟弟苏辙并称“三苏”，与黄庭坚并称“苏黄”，与辛弃疾并称“苏辛”，与欧阳修并称“欧苏”。苏轼的文学成就代表着北宋文学的最高成就，在文学史上是位不能被遗忘的人物。

苏轼的这篇《记承天寺夜游》写于元丰六年，也即公元 1083 年。当时他因为“乌台诗案”被贬黄州已达四年之久。文章记叙了那年十月十二日的夜晚，苏轼刚想解衣入睡，却看到明亮的月光透过窗户洒进房间。见此景致，苏轼不觉喜上心头，念及无人可以分享自己此时的快乐，于是到承天寺寻找好友张怀民。怀民也还没有入睡，苏轼与他一起在中庭散起步来。月光静静地洒在这庭院中，月光如积水一样空灵明亮。在这积水中，水藻和荇菜纵横交错，却原来是竹子和柏树在月光下的影子，亦真亦幻。哪一个夜晚没有月亮？哪一个地方没有竹子和柏树？只是很少有像我和怀民这样清闲又有兴致的人罢了。《记承天寺夜游》中的“庭下如积水空明，水中藻、荇交横，盖竹柏影也”一句历来备受好评。月光如水，照在庭院中的竹柏上，影影绰绰，娴静无声。在这幅画面中是银白的月光、黑夜中的竹枝和树枝、灰黑色的倒影。黑白的色调使得气氛格外宁静，而承天寺作为这幅画面的背景，月亮、竹、柏本就是品质高洁之物，这一切更给画面增添了一股脱俗的气质。

尽管全篇只有八十五字，《记承天寺夜游》还是一直为人所称道，是宋代笔记小品文中的妙品。林语堂认为此篇的光彩并不亚于苏轼的前后“赤壁赋”及“赤壁词”。从文章包含的内容来看，我们可以感受到自然的宁静与美好，可以感受到苏轼对生命价值的判断。从结构上来看，这篇文章有四个层次。第一层次是月色入户使得苏轼欣然，第二层次是苏轼寻张怀民共同赏月，第三层次是苏轼沉浸在月色中，第四个层次是苏轼的感叹。这四个层次正好是散文的起承转合四个部分，苏轼妙笔，让这几个部分衔接自然，浑然一体。苏轼兴起而行，带着欣赏美景的愉悦心情，又有志同道合的好友相陪，散步所观之景又极具空明之美，这个夜晚看起来如此美妙。文末，作者发出了“何夜无月？何处无竹柏？但少闲人如吾两人者耳”的感叹。苏轼与张怀民在月光下似乎怡然自得，作者也为自己有这样的闲情逸致而得以见到如此美景而感到快乐，也为那些忙碌而无意欣赏美景的人感到遗憾。

事实上，在这篇《记承天寺夜游》写成的四年之前，著名的“乌台诗案”使得苏轼遭遇了牢狱之灾，苏轼一度还差点被杀。尽管顺利出狱，苏轼还是被贬到黄州任团练副使，这是一个闲职。而当时张怀民也被贬到了黄州，担任主簿之类的小官。苏轼的弟弟苏辙曾写过一篇《黄州快哉亭记》，文中说道：“今张君不以谪为患，窃会计之余功，而自放山水之间，此其中宜有以过人者。将蓬户瓮牖无所不快；而况乎濯长江之清流，揖西山之白云，穷耳目之胜以自适也哉！”苏辙眼中的张怀民不因为贬官而患得患失，而能将自己放逐于山水之间，从自然中得到快乐，以山水怡情养性，这种处世的淡然与随性正是他的过人之处。但是苏轼不同，在被贬黄州时期，他曾写下了《赤壁赋》、《后赤壁赋》、《念奴娇·赤壁怀古》等流传千古的作品。他看似寄情于山水，看淡了仕途名利，“寄蜉蜉于天地，渺沧海之一粟。哀吾生之须臾，羡长江之无穷”。然而实际上，他只是试图在自然风光中忘记自己的政治追求，以此聊以自慰而已。因而在诗歌末尾，当他自称“闲人”时，我们还是可以感觉到苏轼的无奈与悲凉。而他对于与“闲人”相对应的“忙人”也是带有批判与讽刺色彩的。

苏东坡的散文在文学史上产生了重要影响，《宋史本传》评价其“虽嬉笑怒骂之词，皆可书而诵之。其体浑涵光芒，雄视百代，有文章以来，盖亦鲜矣”。苏轼文章上品之作比比皆是，如《赤壁赋》、《喜雨亭记》、《贾谊论》、《石钟山记》、《晁错论》等。这篇《记承天寺夜游》更是开启了明清小品文的先河，在文学史上具有重要意义。欧阳修在苏东坡年轻时就曾预言苏轼“他日文章必独步天下”，果然被欧翁言中。

似花还似非花

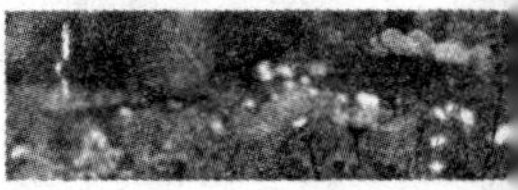

——《水龙吟·次韵章质夫杨花词》

似花还似非花，也无人惜从教坠。抛家傍路，思量却是，无情有思。萦损柔肠，困酣娇眼，欲开还闭。梦随风万里，寻郎去处，又还被、莺呼起。

不恨此花飞尽，恨西园、落红难缀。晓来雨过，遗踪何在？一池萍碎。春色三分，二分尘土，一分流水。细看来不是杨花，点点是、离人泪。

（北宋）苏轼

《水龙吟》是词牌名，出自李白《宫中行乐词其三》中的诗句“笛奏龙吟水，萧鸣凤下空”。《水龙吟》共一百零二字，不少词人曾填此词，除了这首苏轼的《水龙吟·次韵章质夫杨花词》，著名的还有秦观的《水龙吟·小楼连苑横空》、辛弃疾的《水龙吟·登建康赏心亭》、姜夔的《水龙吟·夜深客子移舟处》等。

“似花还似非花”，苏轼开篇即显非凡。这一句既是咏物，又是言情。杨花虽然名为花，与百花一样开于春季，又随春去，但又没有花的形态和芳香，很难让人把它当成一种花来看待。所以苏轼说它是花又不是花，这样的着笔点不但一针见血地指出了杨花的特性，还饱含着词人对杨花的判断，因而具有了一定的人情味。后一句“也无人惜从教坠”的人情味就更浓厚了。刘熙载《艺概·词曲概》说：“此句可作全词评语，盖不离不即也。”“坠”是杨花飘落之形态，但与百花凋谢不同，任杨花怎样飘落都无人怜惜，这正是它的“非花”所致。然而仔细品味，我们可以淡淡地感受到词人言语间对杨花的缕缕情意。“抛家傍路，思量却是，无情有思”一句承接上句的杨花坠落，将杨花飘落说成是离开家园。将离枝说成是“抛家”，已让杨花带上了人的感情色彩，“无情有思”也就顺理成章。杨花的离去是为无情，而它的“傍路”又写出了它的依依不舍之状。正如杜甫《白丝行》所言：“落絮游丝亦有情。”

接着，苏轼又运用了他丰富的想象力，将飘零的杨花比成一位风姿卓越、受尽离愁的思妇。她柔肠寸断，因春困未去，她的眼睛欲开还闭，因蒙眬而更带情。她在梦中随风而去，寻找自己的情郎，在快要寻到之时，忽然又被窗外的春莺唤醒。在这里，苏轼为杨花找到了灵魂，化作一位为情所扰的美妇人，她做着恼人的春梦，一路寻夫。此处化用唐人金昌绪的《春怨》“打起黄莺儿，莫教枝上啼。啼时惊妾梦，不得到辽西”，花人合一，将杨花的离愁与忧怨表现得极为传神。

“不恨此花飞尽，恨西园、落红难缀。”词人不是遗憾杨花飞尽，只可惜西园中红花已谢，再难连缀。苏轼笔锋一转，将伤杨花转为了伤春。而从另一个层面而言，“不恨”是为“有恨”，词人伤感春逝，而杨花凋落正意味着春色已逝。词人看似无情，实则关心着杨花的命运。“晓来雨过，遗踪何在？一池萍碎。”杨花飞尽，词人似乎再无可写，但苏轼更进一步，写杨花的最终命运：一场晨雨，花踪何处？却是粉身碎骨，一池浮萍。词人追根究底，可见其对杨花之痴情。而当词人看到那满池的浮萍，其对春天的逝去的感伤就更为深刻了。

“春色三分，二分尘土，一分流水。”苏轼竟然想到要三分春色，并把逝去的春天两分归于尘土，一分归于流水。这样的想象何其妙哉！苏轼对这样的写法也颇为自得，在《临江仙》中就有“三分春色一分愁”，《雨中花》中也有“不如留取，十分春态，付与明年”这样的句子。在此词中，对于杨花而言，确实是两分尘土，一分流水，此处与前面杨花“傍路”、“一池”相呼应，有理有据，令人信服。“细看来不是杨花，点点是、离人泪”，写到此处，词人故技重施，又将杨花比人。从这个比喻的相似度上来看，杨花与眼泪又十分形象。杨花坠落，飞散天涯，而思妇的眼泪也如飘零的杨花一样纷纷而下。此情此景，实在令人动容。难怪张炎在《词源》中评价此词“后段愈出愈奇。”

苏轼的这首《水龙吟》正如开篇那句“似花还似非花”，无惜中有人惜，无情中有情，无思中有思，不恨中又有恨。这样，整首词实中有虚，虚中有实，使得虚实相间，句句相承，实在妙趣横生。而此期间缠绵在整首词中的幽怨与春恨更得以晕染，随着那空灵飞动的杨花落在读者的心间。

历史上对于苏轼的评价极高，王国维曾说：“三代以下诗人，无过屈子、渊明、子美、子瞻者。此四子者，若无文学之天才，其人格亦自足千古。故无高尚伟大之人格，而有高尚伟大之文章者，殆未有之也”，认为其是中国文学史上最伟大的四人之一。而刘辰翁《辛稼轩词序》对苏轼词做了评价：“词至东坡，倾荡磊落，如诗，如文，如天地奇观。”

浮名难弃

——《如鱼水·帝里疏散》

帝里疏散，数载酒萦花系，九陌狂游。良酒对珍筵恼，佳人自有风流。劝琼瓯。绛唇启、歌发清幽。被举措、艺足才高，在处别得艳妓留。

浮名利，拟拼休，是非莫挂心头。富贵岂由人，时会高志须酬。莫闲愁，共绿蚁、红粉相尤。向绣幄，醉依芳姿睡，算除此外何求。

（北宋）柳永

柳永是北宋著名词人，婉约派开创者，对词的音律发展具有重要推动作用。有评价称“凡有井水饮处，皆能歌柳词”，可见其词流传之广。他擅长写艳情词。艳情词有俗、雅之别。俗词大胆直露，语言俚俗，摹写艳情，展现了他在仕途失意之时与妓女相处的真实生活，并对慢词的发展意义重大；他的雅词大多写于入仕之后，呈现了文人化色彩，特别是羁旅行役与秋士易悲之作，难得的受到了几乎一致的好评。而《如鱼水》正是他早期的一首艳情词。

这首《如鱼水》写柳永在京数年一直闲散狂放，在美酒佳人之间流转，在闹市街道纵情游逛。对于"放浪"的柳永而言，有此良辰美景，有此玉盘珍馐，丽人在侧，撩拨我心。美人娇嫩的朱唇唱着婉转动听的歌曲，还不停地向我敬劝美酒。在酒席间，人人夸我艺足才高，处处都有美女相留。名利对我如同浮云，是非莫须挂在心头。既然富贵不能听命于人，那就等到我时来运转，壮志可酬。抛却杞人忧天的念头，我不会忧愁，有此良宵，就与佳人举杯共醉，相依而睡。此外，我当有何求？

细品《如鱼水》，与早前词人对韵律的不加重视相比，柳永已经注意到了音韵。柳永所著《乐章集》注《如鱼水》为仙吕调，前段九句六平韵，后段九句七平韵，对于词的音乐之美十分讲究，而他的两首《如鱼水》皆是典范。

在创作《如鱼水》之前，柳永考场失意，写了一首《鹤冲天》，以"白衣卿相"自居，言不由衷地说"忍把浮名，换了浅斟低唱"，情感相当狂放。当时的他实际上已经中了进士，但此词传至禁内，惹得宋仁宗十分不快，成为了宋仁宗不用他的口实，一句"此人花前月下，且专浅斟低唱，何要浮名！且填词去”，就在仕途上将其打入冷宫。受到这样的人生挫折，有心仕途的柳永自然感到绝望，于是干脆自称“奉旨填词柳三变”，流连于酒肆妓院。然而正是他仕途的失意，成全了他的才子之名。他致力于创作新曲，让他的词作流传于民间市井，与教坊乐工和歌妓的合作也让词在音律上有了显著变化，词的传唱率得以广泛起来。正如南宋学者叶梦得所说：凡有井水处即能歌柳词。

柳永的这首《如鱼水》看似绝望于科举，已将名利是非抛弃，只求醉生梦死于佳人侧，实际上却是一种所欲不得而故作轻松的牢骚。柳永出生于非常注重儒家道德的仕宦之家，柳永父亲及叔父都有为官的经历，其父柳宜更以孝行闻名。他的两位兄长也都曾有过科举功名。在这样的家庭中成长，入仕的渴望是强烈的，况且词人有才，对自己的仕途自是十分看好。只是他天生的浪漫气质使得他不得不填词，而这些被认为卑俗的作品影响了他的仕途。加上他写词时的率性以至于因为用词上的原因得罪了皇帝，造成了他命运的悲剧。但他又何曾能忘得了科举功名？只是心有不甘，偏不愿在嘴上说出来，反而说什么“浮名利，拟拼休，是非莫挂心头”以掩饰内心的焦虑与渴望。

柳永流传至今的共有两首《如鱼水》。《如鱼水·轻霭浮空》描绘了“乍雨过、兰芷汀洲，望中依约似潇湘”以及“画舫相将。盈盈红粉清商”这样美丽的自然和人文景观。此词景物描写十分出色，但在写景之余，柳永却写到了“紫薇郎”，而这才是他的本意。“紫薇”意指皇宫，“紫薇郎”是官职称谓，在醉乐中周游金銮坡上的翰林院和凤凰池旁的中书省，可见其心对于仕途的期待。

宋代黄裳评价柳永：“令人歌柳词，闻其声，听其词，如丁斯时，使人慨然有感。呜呼，太平气象，柳能一写于乐章，所谓词人盛事之黼藻，其可废耶?”实际上，在这样一首显得轻浮放荡的词中，读者也能从一些词句中感受到柳永暗藏的雄心壮志。“富贵岂由人，时会高志须酬”，他在表面上鄙夷功名利禄，叛逆狂傲，一方面却用时运安慰自己，治疗自己的失意之心。柳永声称富贵不由人决定，那他今日的不富贵自然罪不在己，而是在时。只要时运可济，他的豪言壮志就都能够实现。可见，他还是存了一份富贵之心，也一直等待着“酬高志”的那一天。而事实上，在得了“浮名”之后创作的《柳初新》中，柳永表现的“羽迁鳞化”的快乐无法遮掩，欣喜得意之情在整首词中弥漫，可见他对此是多么的在意。

羁旅悲秋

——《八声甘州·对潇潇暮雨洒江天》

对潇潇暮雨洒江天，一番洗清秋。渐霜风凄紧，关河冷落，残照当楼。是处红衰翠减，苒苒物华休。惟有长江水，无语东流。

不忍登高临远，望故乡渺邈，归思难收。叹年来踪迹，何事苦淹留？想佳人妆楼颙望，误几回、天际识归舟。争知我，倚阑干处，正恁闲愁。

（北宋）柳永

柳永的许多词作在当时虽然传播甚广，但是不被文人士大夫所认可。然而柳永的羁旅行役以及悲秋之作是少有的几乎得到上层文人一致称颂的作品。他早期的作品多写女子怀春感伤以及他与她们之间的故事，没有先代诗歌以女子托喻自己身世的含义，因而被认为是浅薄之作。这些作品没有什么深刻的内涵和余味，总是一读而尽，简单直白。但是他后期的悲秋之作寄寓了自己的人生感慨，找到了自古以来士大夫感时伤怀的情感传统，因而引起了这批人的共鸣。因而这类词蕴含着深厚的中国文化传统，往往融写景、抒情为一体，语浅而情深。其中最有名的当属这首《八声甘州》。

这首词上片写景，“暮雨”、“霜风”、“江流”这些意象聚集，风雨急骤，草木萧条，秋江东流。开头一个“对”字就已写出登临望极天涯的境界，暮雨铺天漫地，洗出一派清爽秋景。“渐”紧承上句，在雨水洗涤后，时光景物焕然一新，又是一番现象。“霜风凄紧”之后的词句以关河之冷落、夕阳之残照烘托被骤雨洗刷后清远的秋河雨景，“残照当楼”更饱含了悲秋气韵，暗示词人正处在这萧瑟、寂寥的画面中，所有的悲秋之气一起袭上词人凄苦的面庞。“是处红衰翠减，苒苒物华休”二句写近景细节，词人情思由萧肃悲壮转入深致低回，由向上的仰观转入向下的俯视，时光易逝，一片苍凉。“惟有长江水，无语东流。”词人的视野向远方投射，苍莽大地，孑然一身，短暂与永恒充满着哲学味，令人苦苦思索。下片转入抒情。一句“不忍”点明背景乃是“登高临远”，词人本盼望着实现人生理想，却在无尽的旅途中消耗了青春岁月，那种背井离乡、凄苦的思乡之情涌上心头：“叹年来踪迹，何事苦淹留？”柳永思考这样漂泊的缘由，更产生一种无奈的感慨。他的相思更能推己及人，借而想到远方思念自己的人，苦苦盼着归舟。而自己依旧羁旅天涯，一次次落空了希望。“争知我，倚阑干处，正恁闲愁”则更进一步，词人在此处反照自身，想象着远方的佳人可知我此时此刻也在倚着栏杆将远处凝望。这样的写法由实入虚，将深沉的思念和苦恼达到了顶峰，悲慨感人。

柳永在仕途上的不幸遭遇与他的填词可以说是互为因果。他浪漫而放荡不羁的个性与封建正统的道德标准形成了激烈的冲突，但他又不能放弃对仕途的追求。明人有语云：“三变之词，才情俊茂，风流倜傥，至于触目伤怀，于言外见真情。”他是位十分特殊的词人，屡试不第，常以“奉指填词柳三变”自嘲，将对作词漫唱的戏谑与低吟作为其情非得已的人生习趣，再加之他终生潦倒，颠沛流离于羁旅行役，也使得他每每闲时偶居，一朝一夕，见山水花木亦能勾起其失意不济之怀。家庭环境和自小所受到的儒学熏陶让柳永对入仕始终抱有一种坚持和渴望。但是美好的东西一旦得到就会褪去原有的光环，何况柳永过的是一种颠沛流离的仕途生涯，更何况柳永在仕途上的“得到”实际上也是没有得到。浪漫之人总是几多感伤，柳永无法平静地面对离别，于是就有了那些名垂千年的词作，诸如《雨霖铃》，诸如《八声甘州》。柳永寄情于青楼酒馆，逍遥快活，实际上却长期生活在仕途失意的阴影之下，难以腾达的事业是他一生的痛楚。后期那一官半职，不但没有满足他的心愿，在感情上他也不能再如先前自由。加之漂泊、不固定的生活，在精神上也逐渐失去了依托。其人生因其浪漫性格及对填词的天赋与喜爱，反而酿成了悲剧色彩浓厚的苦果。

这首词的佳句在历史上得到了“不减唐人高处”的评价。唐人意象高远，自然之景与内心之情紧密结合，达到天人合一的境界。柳永的这首词也是景中有情，情中有景，开阔博大。他因自然之变化触动心弦，引起内心的感动，是与文人们一种共同的生命体验。苏东坡也评论他的《八声甘州》说：“唐人佳句，莫过于此。”龙榆生先生认为在《八声甘州》中，“尽管他描写的只是一种凄凉的景象和伤感念远的感伤情绪，它的参差变化的结构和恢宏豪壮的格局，却为苏、辛一派的豪放之词开了一条出路”，可见对后世词大家影响之深远了。

钱塘美景

——《望海潮·东南形胜》

东南形胜，江吴都会，钱塘自古繁华。烟柳画桥，风帘翠幕，参差十万人家。云树绕堤沙，怒涛卷霜雪，天堑无涯。市列珠玑，户盈罗绮，竞豪奢。

重湖叠巘清嘉，有三秋桂子，十里荷花。羌管弄晴，菱歌泛夜，嬉嬉钓叟莲娃。千骑拥高牙，乘醉听箫鼓，吟赏烟霞。异日图将好景，归去凤池夸。

（北宋）柳永

词牌的创造是柳永在词发展过程中的一大贡献，词牌《望海潮》即是其中之一。《望海潮》全词共一百零七字，为双调，一韵到底。

除了柳永此篇之外，以此为词牌名的著名作品还包括北宋词人秦观的《望海潮·洛阳怀古》、南宋黄岩叟的《望海潮·梅天雨歇》等。正如《花庵词选》所说，柳永“长于纤艳之词，然近俚俗”，是婉约派的著名词人。因而这首意境开阔、大开大阖的《望海潮》在柳永词作中十分特别。

“东南形胜，江吴都会，钱塘自古繁华。烟柳画桥，风帘翠幕，参差十万人家。”在词的开篇，词人鸟瞰杭州城，用“东南形胜，江吴都会”指出了杭州城的地理位置，也写出了繁华的城市风光；既用“钱塘自古繁华”写出了历史情况，又用“烟柳画桥，风帘翠幕，参差十万人家”写当下情景。在柳永笔下，杭州城烟雨朦胧，河桥如画。看那微风卷起了翠绿的帘幕，屋宅如此雅致，这是典型的江南水乡特色，又房屋参差，一片繁华。在遣词造句上，柳永一如既往地精准，形容词惟妙惟肖，将杭州城写得风光迤逦，形象贴切。然而整句的词风却大不相同，不同于往日的婉约动人。柳永如此铺叙，再加上一句“参差十万人家”，气势博大，铿锵有力。确如李之仪在《跋吴师道小词》中评价柳永“铺叙展衍，备足无余，形容盛明，千载如逢当日”。

“云树绕堤沙，怒涛卷霜雪，天堑无涯。”词人的视野从市内转向郊外，如云般的参天大树郁郁葱葱，围绕着整个沙堤。奔驰的钱塘江波涛汹涌，卷起层层浪花白如雪，浪高如天堑。李白曾在《横江词》中写过“浙江八月何如此？涛似连山喷雪来”，柳永以波涛喻霜雪，与李白诗有异曲同工之妙。而“天堑”指形势之险要，可想钱塘江潮来势汹汹，澎湃浩荡，用词极为贴切。“市列珠玑，户盈罗绮，竞豪奢”，柳永写完自然风光又转而描绘人文景观。此句用“珠玑”、“罗绮”反映市民用度之奢，又写杭州城的富裕繁华。

词的下阙先状西湖之景：“重湖叠巘清嘉，有三秋桂子，十里荷花。羌管弄晴，菱歌泛夜，嬉嬉钓叟莲娃。”西湖内外，崇山叠嶂，秀丽非常。秋日山上桂子成熟，夏日西湖十里荷花。更有晴日里那动人的羌管之声，夜晚划船的采菱人美妙的歌唱，瞧那渔翁和采莲女神情多么愉悦。桂子与荷花是杭州非常有特色的景观。白居易《忆江南》中就写过“江南忆，最忆是杭州。山寺月中寻桂子，郡亭枕上看潮头。何日更重游”，而杨万里的也曾赞叹西湖六月“接天莲叶无穷碧，映日荷花别样红”。“三秋桂子，十里荷花”高度凝练，直击人心。而后写歌声的动人，写老翁少女的快乐更让这西湖景致增添了人文色彩，描绘了一幅足以陶醉游人的画卷。“千骑拥高牙，乘醉听箫鼓，吟赏烟霞。异日图将好景，归去凤池夸。”在词的结尾，柳永描绘了达官贵人游玩的场景。马匹成群，箫鼓喧天，游人如醉。就算他们要还朝归去，也会将这美丽的景色制成画卷，示于他人。以游人之不忍离去写景色之沉醉，更加衬托了西湖的美丽风光。

柳永词吸收了六朝小赋的特点，擅长铺叙和渲染，这也是柳永得以发展慢词，打开宋词新局面的直接原因。确如胡寅在《酒边词序》中所说："掩众制而尽其妙，好之者以为无以复加。"周济曾在《介存斋论词杂著》中说柳词"铺叙委婉，言近意远"，刘熙载在《艺概·词曲概》中评价他"着卿词细密而妥溜，明白而家常，善于叙事，有过前人"。这首《望海潮》也是以铺叙见长。但此词的铺叙并不是简单的平铺直叙，而是非常注重结构和层次，层层铺叙，景状如画。为了避免单一，还常常勾勒提掇，相互交错，如在上阕穿插钱塘江潮的描写，有别于西湖景致，又在词中多处状写市民及游人，使整首词作静中有动，极富生机。

柳暗花明

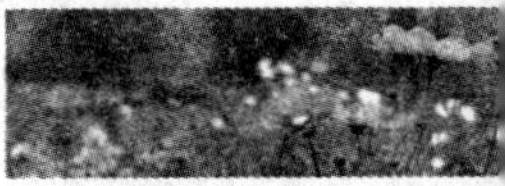

——《游山西村》

莫笑农家腊酒浑，丰年留客足鸡豚。
山重水复疑无路，柳暗花明又一村。
箫鼓追随春社近，衣冠简朴古风存。
从今若许闲乘月，拄杖无时夜叩门。

（南宋）陆游

谈到陆游，我们脑海中的他脸上总带有家国破碎的深深哀愁和无奈，在他的诗歌里也常常能看到他的一片赤子之心。作为一名爱国诗人，他写过“夜阑卧听风吹雨，铁马冰河入梦来”，也写过“王师北定中原日，家祭无忘告乃翁”；他感叹过“遗民泪尽胡尘里，南望王师又一年”，赞叹过“出师一表真名世，千载谁堪伯仲间”。当岁月老去，他自怜“一身报国有万死，双鬓向人无再青”，“胡未灭，鬓先秋，泪空流”。

宋孝宗乾道二年，陆游担任隆兴府通判，因为积极支持北伐而受到主和派排挤，以“交结台谏，鼓唱是非，力说张浚用兵”的罪名被罢官在家。这次返乡是陆游政治生涯的一个打击，陆游自然感到郁闷忧愁。然而寒冬过后，春季来临，陆游终于在乡村风光中缓和了自己的愤愤不平之情，《游山西村》就是他当时心情的反映。

《游山西村》中的“山西村”指的是山西面的山，并不是郑重其事地游览，只是在乡村中随意走动，随意观赏。这首诗包含了游览和抒情两个部分，然而这两个部分在整首诗歌中难以分割，是连成一体的。诗歌开篇先是以一个农家人的口吻诉说着他的丰收，表现着他的热情。“莫笑农家腊酒浑，丰年留客足鸡豚。”请不要嫌弃农家酒味淡薄，今年是丰收之年我们准备了足够的美味款待客人。这两句诗写出了农家人的淳朴和热情，可以让读者感受到他们的质朴和诚意，读来非常地亲切。

《游山西村》一诗最精彩的句子莫过于次联“山重水复疑无路，柳暗花明又一村”。诗人行走在春天的乡间小路上，山山水水间似乎没有了去路，不由感到前路迷惘。继续前行，前路柳荫茂密，花影稀疏，在这花明柳暗之后，居然隐藏着几间农家房舍，又一个村庄出现在了他的眼前。诗人见此情此景，不觉豁然开朗，喜上心头。这一联诗歌之所以流传千古，正是出于诗歌深刻的哲学涵义抚慰了无数深陷困境中的人。正如清代刘熙载在《艺概·诗概》中对陆游的评价："放翁诗明白如话，然浅中有深，平中有奇，故足令人咀味。"

诗的第三联写风俗人情。村子里萧鼓动天，吹吹打打，十分热闹，原来是祭土地神的日子快要到了。尽管如此，村民们的穿戴依然简朴，保持着淳朴的古风。如同诗歌开篇所要表达的情感，诗人再次赞赏了农村淳朴的民风，表现了他对故土及故乡人民的热爱。在诗歌结尾，时间已经转移到了夜晚。诗人闲游在这清亮的月光之下，这静谧月光下的村庄是那么安静美好，别有一番风情。这样的情景让诗人不禁感叹：若是未来可以在闲暇时，在月夜拄着拐，敲开柴门，该是多么悠闲自在！

诗人被迫离开官场回到家乡，在乡村居住的日子中他与乡民亲切地交谈，与他们时常来往。在这样的过程中，他由衷地感受到了他们的淳朴与真诚。而这一切，与他一年前在官场上所遭遇到的一切是如此不同。那些人为了自己的安稳与荣华富贵卖主求荣，这让官场变得如此腐败。这样的政治环境充满了尔虞我诈，像陆游这样有一片爱国热情的人反而被罢官回乡。陆游在回乡的日子中深刻感受到了乡村与官场的鲜明对比，正如陆游在《岳池农家》中写的那样："农家农家乐复乐，不比市朝争夺恶。宦游所得真几何？我已三年废东作。"

陆游在年轻时就诗名在外，被人称作“小李白”。他创作力十分旺盛，现存诗作就在九千三百首以上，是南宋的诗坛领袖。陆游尤擅七律，诗作大多洋溢着气吞山河的爱国主义热情。在蛰居之后，由于岁月逝去，北方难收，这让一部分陆游的诗更为苍凉沉重。而陆游的另外一些作品则充满了田园气息，清新如画，风格也更为质朴纯净。如此种种，构成了陆游丰富多彩的诗歌总貌。

然而事实上，陆游的山水田园诗与充满爱国主义热情的诗歌是相通的，而并非相互隔绝。陆游爱国主义之心受挫的主要原因就是朝廷部分势力对于北伐的抗拒，以及这部分势力对于像他这样的主战派的迫害。在这样的情况下，陆游就只能回归田园，在田园生活中调养生息。而对于写过“王师北定中原日，家祭无忘告乃翁”，对收复实地十分执着的陆游而言，这样的渴望并不会因为身在乡野而消减。

春雨杏花 

——《临安春雨初霁》

世味年来薄似纱，谁令骑马客京华？
小楼一夜听春雨，深巷明朝卖杏花。
矮纸斜行闲作草，晴窗细乳戏分茶。
素衣莫起风尘叹，犹及清明可到家。

（南宋）陆游

陆游诗歌最擅长的是七律。陈訏《剑南诗选题词》：“放翁一生精力尽于七律，故全集所载，最多最佳。”舒位《瓶水斋诗话》中也称陆游“专工此体而集其成”，并认为陆游七律是杜甫和李商隐之后七律发展的另一个里程碑。

《临安春雨初霁》是陆游晚年的作品。当时他由山阴被召入京，年已六十二岁。陆游一生在宦海中沉浮，但只可叹金贼未灭，壮志难酬。他字务观，号放翁，但无情的生活一次次消磨着他的豪情壮志。他在一生中多次无端被罢免官职，早就看清朝廷不思北归。因而尽管《临安春雨初霁》是被召入京时所写，那时年逾六十的陆游已经对政治近乎绝望。所以在这首《临安春雨初霁》之中，我们没有看到陆游的豪情万丈，而是带着心灰意冷的无聊与无奈。

诗歌开篇先写世态炎凉。“世味年来薄似纱，谁令骑马客京华”是诗人对于人生的感叹，人情淡薄似纱，更是朝廷对他情分淡薄。但是朝廷令下，作者还是不得不客居在京城，骑着马望着这繁华的京都。首联的这两句诗充满着无奈，包裹着淡淡的忧伤。

客居的诗人夜宿小楼，楼外淅淅沥沥下了一夜的冷雨。诗人侧卧在床，想着明天早晨在这深巷之中兴许还能听到卖花女叫卖杏花的声音。“小楼一夜听春雨，深巷明朝卖杏花”此联是千古流传的名句。杏花盛开，已是深春时节。历来文人写春天皆是以视觉为主，陆游别出心裁，以听觉写春。古往今来也有许多听雨之作，晁君诚有“小雨愔愔人不寐，卧听羸马乾残刍”，白居易有“能来同宿否，听雨对床眠”，李商隐有“秋阴不散霜飞晚，留得枯荷听雨声”，蒋捷更是因人而异：“少年听雨歌楼上，红烛昏罗帐。壮年听雨客舟中，江阔云低，断雁叫西风。而今听雨僧庐下，鬓已星星也。悲欢离合总无情，一任阶前点滴到天明。”陆游的这句听雨在用词上清新自然，江南之味溢于诗表。然而这春雨之中是诗人的点点忧思。一夜听雨自然是一夜未眠，春光明媚，京都繁华，诗人却蜗居在小楼之中，暗自神伤。

关于杏花，歌咏描绘者也不在少数。诸如温庭筠的“红花初绽雪花繁，重叠高低满小园”，梅尧臣的“浅红欺醉粉，肯信有将梅”，王安石的“纵被春风吹作雪，绝胜南陌碾成尘”，叶绍翁的“春色满园关不住，一枝红杏出墙来”。相比这些诗句，陆游的“深巷明朝卖杏花”无一字写杏花之美，诗意却无比幽深。卖花女的声音在长长的巷子里回荡着，在雨后安静的清晨格外响亮。这叫卖声是春的使者，让幽幽的深巷满怀春意，也让这甜美的声音回荡在了诗人的心间。

听着春雨，听着叫卖杏花的声音，陆游对于这个春天的记忆越发深刻。然而在这个春天带给他的是一个无用的职位，是无情的政治将再一次戏耍诗人爱国的满腔热情。他明了这一次的上任无非是又一次的无可作为，因而伴随着春天的声音是陆游的心灰意冷，是陆游的无可奈何。诗到此处，开篇的那句“世味年来薄似纱，谁令骑马客京华”诉说的世味淡薄伴在这样的春季里更为彰显。

陆游的这个春天是无味的，是无聊的。他偶尔练字，偶尔分茶借以消磨时光。古人极重书法，常常练字怡情养性。然而陆游是那么随意，一张小小的纸，甚至都懒得将纸张放正。分茶是极具闲情雅致的艺术，可陆游也不怎么上心，一个“戏”字可说明一切。在阳光灿烂的日子，他也已无心出门，只是百无聊赖，避于一隅。对于陆游这样热情的人而言，如此生活，可见已是无聊之至了。

陆机《为顾彦先赠妇》云“京洛多风尘，素衣化为缁”，写怕京中污浊之气沾染自身清白。陆游的“素衣莫起风尘叹”显然是对陆机诗句的化用，但陆游并不担心，因为他“犹及清明可到家”。整首《临安春雨初霁》，唯在此处可见诗人的一丝快乐。进京面圣是多少人求之不得，陆游却不愿在杭州城久居，只愿快快离去，为清明的即将到来感到一丝庆幸。如此，诗人在京都的那些无聊与无奈就更为明显了，他只想匆匆离去，结束这段客居生活。

一首《临安春雨初霁》，在美丽的江南之春，陆游却寒在心头。六十二岁的陆游再也不是那个意气风发的少年，而是带着无尽的岁月沧桑，带着对这个国家苦难的郁闷与惆怅。而造成这一切的，正是官场上那些人的自私与懦弱。

肠断天涯

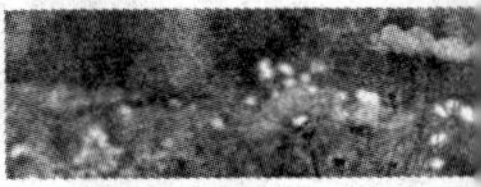

——《天净沙·秋思》

枯藤老树昏鸦，

小桥流水人家，

古道西风瘦马。

夕阳西下，

断肠人在天涯。

（元）马致远

马致远是元代著名的戏剧家、散曲家，与关汉卿、郑光祖、白朴并称为“元曲四大家”。马致远在年轻时志向高远，渴望在政治上能有一番作为。然而事与愿违，在经过二十余年的漂泊之后，他逐渐有了归隐之心，晚年生活闲适、自由。马致远的杂剧作品多道教故事，贾仲明曾说他是“万花丛中马神仙，百世集中说致远”。

在散曲创作方面，马致远被称作“曲状元”，作品大多较为豪爽飘逸，自然通脱，将他的性情挥洒淋漓，是豪放派的代表作家。在马致远的散曲作品中，最有名的就是这首写于羁旅途中的小令：《天净沙·秋思》。

《天净沙·秋思》被誉为“秋思之祖”，是王国维心目中元人小令的“最佳者”，全曲只有五句二十八个字。“秋思”自然由“秋”而发，但这首最著名的秋思之作，竟然没有一个“秋”字。这正是马致远有别于人的高处所在。为了表现秋思，他为他的作品选定了秋景，设定了主角，安排了场景。

先说“秋景”。在这首小令中，马致远选择了几个关键的意象，用意象来表现秋天的景色，传达他心中的情感。《天净沙·秋思》的意象紧罗密布，非常密集。前三句“枯藤老树昏鸦，小桥流水人家，古道西风瘦马”共十八个字，意象却达九种之多。马致远用极有限的篇幅，涵括了如此丰富的意象，每个意象之前的定语又是如此具有表现力。这九个形容词和九个名词的组合具有太大的杀伤力，强化了景物的凄凉与萧瑟，使得满纸皆是秋意。如此直接罗列意象而自然出众的诗句，能与马致远《天净沙·秋思》相比肩的，恐怕唯有温庭筠《商山早行》中的“鸡声茅店月，人迹板桥霜”可以一试了。

《天净沙·秋思》的意象能够如此深刻地表现秋景，还在于这些意象在表意上的单一性。这些意象彼此之间是并列的关系，并没有特别突出某个意象，因而在情感上也在同一个平面上。这些意象所表现的秋景是一个一个叠加的，越往后看，叠加的意象越多，秋意也就越浓厚，读者也就越能被感染。而将这些意象串联起来，就是一幅萧瑟愁人的秋景图。

在主角设定上，马致远选择了一位"断肠人"。这位"断肠人"流落天涯，只能看着他人的小桥流水，看着其他家庭得以团聚。他是"断肠人"，是流浪者，也是一位离人。若是身在家乡，"断肠人"就算面对再萧瑟的秋天，恐怕也难以"断肠"。古人日出而作，日落而归。夕阳西下之时，正是一家人劳动归来其乐融融之时。"断肠人"被夕阳的余晖照耀着，他身在天涯，看着老鸦回巢，人家炊烟袅袅却是"徒有羡鱼情"，难以与自己的亲友相聚。这样的场景安排使得情思愈加浓厚，而这"断肠人"何尝不是在羁旅途中的马致远哀叹着他的离殇。

古诗词中的悲秋之作可谓比比皆是。屈原《九歌·湘夫人》中的"袅袅兮秋风，洞庭波兮木叶下"被认为是悲秋之祖，汉武帝刘彻也写过"秋风起兮白云飞，草木黄落兮雁南归"。唐朝诗人王勃《秋日登洪府滕王阁饯别序》中有千古名句"落霞与孤鹜齐飞，秋水共长天一色"；杜甫《登高》是七律之绝，其中就有"万里悲秋常作客，百年多病独登台”；诗仙李白在《宣州谢朓楼饯别校书叔云》中也写过“长风万里送秋雁，对此可以酣高楼”；柳永《雨霖铃》中的“多情自古伤离别，更那堪冷落清秋节”亦是流传千古。能与这些优秀的悲秋作品一起被写进文学史并被成为“秋思之祖”，《天净沙·秋思》确有其过人之处。

这样的秋景，这样的离人，这样的场景，便有了在文学史上如此受推崇的秋思。整首作品情景交融，写悲秋，又写乡愁。朱权曾在《太和正音谱》评价“马东篱之词，如朝阳鸣凤。其词典雅清丽，可与灵光景福两相颉颃，有振鬣长鸣万马皆喑之意。又若神凤飞于九霄，岂可与凡鸟共语哉！宜列群英之上”。王国维对马致远也是称赞有加，他在《宋元戏曲考·元剧之文章》中评论：“《天净沙》小令，纯是天籁，仿佛唐人绝句。”他又在《人间词话》中赞赏有加：“文章之妙，亦一言蔽之，有境界而已。精品，不可不读；美文，不可不品。一曲《秋思》，心中隐隐作痛，悲泪欲出。”

人生若只如初见

——《木兰花令·拟古决绝词柬友》

人生若只如初见，何事秋风悲画扇。等闲变却故人心，却道故人心易变。

骊山语罢清宵半，泪雨霖铃终不怨。何如薄幸锦衣郎，比翼连枝当日愿。

（清）纳兰性德

纳兰性德为清初著名词人，是“清初三大词人之一”。他流传的词有三分之一左右有关爱情，在情词上有着很高的造诣。纳兰性德的词大都是“真情实感词”，情真意切，感人至深，细分之下包括爱情词、别离词和悼亡词三种。其中爱情词缠绵悱恻，别离词凄怨愁苦，悼亡词悲怆凄凉。因其别离、悼亡之中皆有爱情，因而并列为真情实感的爱情词。

在表达上，纳兰往往直抒胸臆，表达方式较为直露。纳兰性德的词虽不那么具有叙事特征，却多有所寄托，笔端流露一种愤世嫉俗之感。“汉陵风雨，寒烟衰草，江山满目兴亡”，“须知今古事，棋枰胜负，翻覆如斯”，其中的忧患意识让人惊叹。无怪乎后人评价他“‘末世’之悲，已属难得，‘开国’之恨，尤为可贵”。施蛰存先生也称纳兰为“唐五代以来一大家”，而况周颐也在《蕙风词话》中誉纳兰性德为“国初第一词手”。

纳兰性德的这首《木兰花令·拟古决绝词柬友》是他的代表作，也是最为著名的一首词，可以很好地表现出纳兰词的特点。这首词开头两句就触动了无数人的心弦：“人生若只如初见，何事秋风悲画扇。”初见时，我们往往都还很年轻，怀揣着年轻的梦想和对真挚爱情的期待。词中描绘的女主角正是在这种情况下与意中人相识的。他们郎情妾意，相亲相爱，甜蜜又温馨。然而随着时间的流逝，他们对彼此越来越熟悉，他却轻易地变了心，不但移情别恋，还狡辩说旧情人本就是容易变心的。面对这样负心的男子，我们也无可奈何，只能叹一句只听新人笑，哪闻旧人哭。“人生若只如初见”是一句大白话，如此语淡情深，节奏又是如此和缓，然而细细品味之下，女主角的回忆又是如此悲凉，令人心生不忍。这句话在当下也得以留用，如果与人相处，一切都如刚开始时那么美好淡然而没有之后的怨恨与误解，该是多么幸福。

词的下阕，纳兰性德用了唐明皇和杨玉环的典故。“骊山语罢清宵半，泪雨霖铃终不怨。何如薄幸锦衣郎，比翼连枝当日愿。”面对男子的变心，女主角控诉着他的无情：我们曾像唐明皇与杨玉环一样，在骊山有过山盟海誓，执子之手，与子偕老，就算短暂离别也不能相互生怨。而如今的你如此薄幸，哪比得上唐明皇，生生死死都不忘与杨玉环“在天愿作比翼鸟，在地愿为连理枝”的夙愿。没有华丽的辞藻，但是女主角的情意在纳兰笔下写得如此真切，如此感人肺腑。她曾将与他的感情与唐明皇与杨玉环相比，想象着可以与意中人长长久久，可见这份感情在她心目中是多么崇高。而情感的破碎，自然伴随着精神上巨大的伤痛。纳兰对女主角被无端抛弃的怜惜之情跃然纸上。

纳兰性德出身高贵，是“缁尘京国、乌衣门第”，功名利禄唾手可得，但个人情感上却十分失意：纳兰性德一生深受爱情之苦，幼时心仪的表妹被迫入宫，从此人各一方，而发妻卢氏又不幸早夭，这一连串的情感重击使纳兰性德的词中有着挥之不去的哀婉凄凉。而事业上的顺利和个人情感上的失意两相比对，便构成一种剧烈的冲突，更使得他的词字字情深，句句意切，感人肺腑。再加之满人血统赋予纳兰性德的直露，纳兰的词在情感表达上便更为真切。正如王国维所言：“以自然之眼观物，以自然之舌言情，此由初入遗愿，未染汉人风气，故能真切如此。”两者交织，使得纳兰的词“哀感顽艳”，让人“不忍卒读”，得以承袭李后主之遗风。

纳兰性德的爱情词之情则更加凄婉哀绝，字里行间带着浓浓的愁怨，婉丽凄清。《木兰花令·拟古决绝词柬友》是以女子的口吻写成，这位被抛弃的女子在认清现状后态度决绝，当断则断，极富个性。如此烈性女子却不得不忍受情感的变故，使得这首词的词情更为哀怨。纳兰性德自然是站在女子的立场上控诉负心的男子，而词题为“拟古决绝词柬友”，其中也隐约透露出他对友情的态度。对于与旧友的感情，也应该从一而终，而不能轻易改变。

冯金伯辑《词苑萃编》中有言：“顾梁汾说，容若词，一种凄婉处，令人不能卒读。人言愁我始欲愁。陈其年曰，饮水词哀感顽艳，得南唐二主之遗。”可见其风格正是哀伤凄婉，却又精致明净。

落红更护花

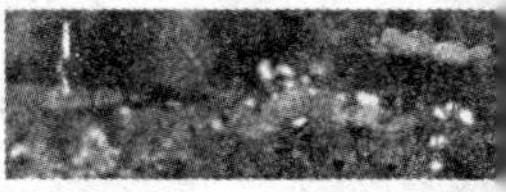

——《己亥杂诗（其五）》

浩荡离愁白日斜，吟鞭东指即天涯。

落红不是无情物，化作春泥更护花。

（清）龚自珍

龚自珍作为清代著名的思想家、文学家，尤其是在中国古代与近代之交，还是改良主义的先驱者，可谓是晚清时期的一个全才。他二十七岁中举，曾官至礼部主事，后弃官南归。身在清末鸦片战争前期，在朝为官时，龚自珍一直极力主张改革，抵制外国侵略。龚自珍年轻时写过《明良论》、《乙丙之际著议》等，明确表达了他对封建积弊的痛恨，对此不遗余力地进行了揭露和抨击。他在改革方面的思想对于后来的变法图强有很大影响。中年之后，龚自珍又对佛学展开了研究，在佛学上亦有所造诣。

而在文学创作上，他也常批判封建统治的腐败，充满着对祖国的热爱之情。龚自珍的诗文也为后人广为传颂，其诗歌代表作为315首《己亥杂诗》。315首诗歌的规模也让《己亥杂诗》成为中国诗歌史上罕见的大型组诗。这315首《己亥杂诗》从各个方面体现了诗人对家国命运的思考和关怀，内容庞杂，在诗歌的主旨上却有着共通之处，洋溢着诗人的爱与恨，情与憎。

己亥年是1839年，也是龚自珍辞官南归的那年。这首《己亥杂诗》是这个系列的第五首，表达的是诗人辞官后的心境和感受，体现出了他对理想的执着追求。“浩荡离愁白日斜，吟鞭东指即天涯。”日近黄昏，诗人满腹离愁地离开了京城。离别自然是伤感的，但是岁月悠长，未知的未来也许可能成就人生的另一番作为。这种复杂的情绪在作者的内心挣扎，使得诗歌的情绪格外饱满。诗的后两句“落红不是无情物，化作春泥更护花”是流传至今的名句，作者以落花自喻，鲜花枯败凋落象征着自己辞官回乡，此句表明诗人自己虽然离开了官场，但是会像落花化作春泥滋润盛开的花朵一样，依旧关心国家的未来，为国家尽心尽力。落红有情，更有情的是诗人的一片赤子之心，就算成为泥土，也要为国家孕育美好的未来。从落红到护花，诗人没有感伤自己的凋零，反而一心为国，不忘报国之志，令人感动。龚自珍曾在《书汤海秋诗集后》

说“诗与人为一，人外无诗，诗外无人”，从他的《己亥杂诗》中，可见一斑。

在龚自珍315首《己亥杂诗》中，第220首也是脍炙人口的名诗，其中的“我劝天公重抖擞，不拘一格降人才”石破天惊，令人感怀。面对国势衰微，百废待兴，诗人深刻地认识到了社会的沉闷和腐朽，并能意识到国家需要一场风雷激荡般的大改革，唯有主动变革，才能迎来生机。最难能可贵的是，诗人把改革的力量赋予了人，期待着老天可以为国家送来人才。在诗歌的气势磅礴中，诗人一片拳拳之心，呼唤着变革，期待着美好的未来。这首诗与《己亥杂诗》其五一个恢宏壮烈，一个倾诉衷肠，却都体现了诗人对国家炽热的爱。

陆游的《卜算子·咏梅》也有落花的意象，词人用“零落成泥碾作尘，只有香如故”来歌咏梅花的高洁和不慕权贵，实际上也是自喻，暗含着自己的人生抱负。梅花无错却引得群芳嫉妒，即使化作泥土，也依旧清香不减。这与龚自珍的“落红”也是共通的。岁月无情使得鲜花残败，但这朵有着崇高品质的花朵情意不减，依旧会为自己所执着的事业奉献所有。

对于落花，龚自珍有着极深的情结，在诗词中也多次写到这一意象。他的《减字木兰花》有言：“十年千里，风痕雨点斓斑里。莫怪怜他，身世依然是落花。”这首词作于嘉庆二十二年，作者时年二十六岁。词里的落花象征着作者的青春岁月，“落花”体现的是岁月的无情逝去，表达的是作者的苍凉飘零之感。然而当作者饱经官场风云，与中国共同遭受着暴风雨的侵袭，就算是凋零的花朵，诗人也已有了不同的人生感悟，自然也有了不同的应对方式。可以说，从感伤到执着的护卫，体现的是诗人人生的成长和历练。

龚自珍诗歌往往具有震撼人心的力量，这首先是因为他的诗歌闪耀着批判腐朽社会，期待光明未来的精神，对于认识社会现实具有重要价值。钱仲联先生曾赞誉他的诗歌“乃横扫一世之彗星，光芒辐射，拔奇于古人之外，境界独辟。其瑰玮之形象，如天马蹑云，不同凡骥，如天魔献舞，花雨弥空”。而这一首《己亥杂诗》，诗人龚自珍把自己的情感寄托在凋零的花上，渴望着用自己残余的所有，为国家作最后的贡献。无论“落红”是有用还是无用，能做出多大的贡献，会有怎样的价值，能孕育怎样的未来，这样的爱国之心和献身精神也是龚自珍留给后人的伟大精神财富。

归看浙潮

——《忆西湖》

春雨楼头尺八箫，

何时归看浙江潮？

芒鞋破钵无人识，

踏过樱花第几桥？

（民国）苏曼殊

从严格意义上来说，苏曼殊的文学成就既比不上诸如李白、杜甫、苏轼之类的古代文学大家，也难以与现代的鲁迅、郭沫若、老舍等人匹敌，就是与近代文学的代表作家黄遵宪、康有为、梁启超等人相比恐怕也有一定的差距。但苏曼殊不仅仅是一个创作型的诗人，他还擅长绘画，并通晓日文、英文、梵文、法文等多种语言文字，在小说写作和文学翻译上也有很大成就。他的极大才情和才气，他的中日混血身份，他在佛与俗之间的往来穿梭，他离奇的情感故事等诸多因素混合，使得苏曼殊在整个近代文学中极为特别。正因如此，苏曼殊对于近代的文学和文化影响甚大。

苏曼殊有一半的日本血统，他的母亲是日本人，而他又是一个私生子。家庭的巨大矛盾和生活的艰辛使他早早遁入空门，可在那个腥风血雨的年代，苏曼殊无法完全放下俗世，常在报纸杂志上满怀激情地反抗帝国主义和封建主义。南怀瑾在《中国佛教发展史略》上称他“实为民国以来僧史上的畸人。虽然，曼殊亦性情中人也”。

苏曼殊最著名的小说作品是《断鸿零雁记》，对后来的鸳鸯蝴蝶派有所影响。而他的诗歌成就最高，被称为“诗僧”。他的诗大多为七绝，文字清新动人，还常常出现日本意象，别具一格。苏曼殊受李商隐的影响较大，诗风缠绵幽怨，多为感怀之作。他的这首《忆西湖》充满了他对杭州的眷恋，语词清新，却充满着孤独和感伤。

诗歌以“春雨楼头尺八箫，何时归看浙江潮”开篇。“尺八箫”是一种日本的乐器，他曾解释说：“日本尺八，状类中土洞箫，闻传自金人。其曲有名《春雨》，阴深凄惘。”可见，苏曼殊当时身在日本。春雨缠绵，何况身处异国他乡。他就与那“尺八箫”一样，源自中土，但漂泊远方。这其中也包含着苏曼殊对于自己身世和血统的迷惘。他的父亲是广东人，他的母亲是日本人，他还是一个非婚生子。苏曼殊出生三个月就与生母分离，在广东的家中因为有异族血统备受冷落和欺凌。之后去日本留学，他在日本就更找不到家的归属感了。无事不吹箫，吹箫必有愁。他站在小楼上，听萧听雨，望着春雨靡靡，想到自己流浪他乡，内心的孤独油然而生，一切不言而喻。

苏曼殊爱西湖，也爱杭州。他在以自己的爱情故事为原型的小说《断鸿零雁记》中就写过西湖令他“盈眸寂乐，迥绝尘寰”。他甚至向好友表达过“终隐浮屠，夙恋此湖，藏骨于此，可无渐于林逋”的愿望。因而在异国的苏曼殊乡愁所寄并不是他广东的那个家，而是他心心念念的西湖，念叨的是“何时归看浙江潮”。他在《住西湖白云禅院》中写过“白云深处拥雷峰，几树寒梅带雪红，斋罢垂垂浑入定，庵前潭影落疏钟”，描绘了他住在西湖湖畔所见之美景，可见对这个美丽的地方冥冥之中有一种执念。而事实上，苏曼殊永居西湖的愿望最后得以实现。年仅三十五岁的苏曼殊长眠于杭州西湖之孤山，更与一代名妓苏小小墓南北相望。临死前，苏曼殊说过：“一切有情，都无挂牵。”从此，西湖便有“三苏”——苏轼、苏小小、苏曼殊，这何尝不是一代佳话。

“芒鞋破钵无人识，踏过樱花第几桥？”《忆西湖》的后两句是苏曼殊在日本的写照。樱花是日本的国花，在樱花飘散的季节，他趿着一双芒鞋，托着一个破钵，漂泊他乡，无人应话，只是一次又一次地漫步在樱花遍地的石桥上，早已忘却这是他走过的第几座樱花桥。《忆西湖》中无论是小楼春雨、尺八之音，还是那漫漫的樱花，在苏曼殊笔下的情景都十分清雅淡丽。而苏曼殊时僧时俗，他在此时的穿戴又俨然一个僧人的形象，更给诗篇增添了佛家的一股清逸绝尘、飘飘仙迹的非俗气息。诗中“尺八箫”、“樱花”等日本意象的运用，又有一种异国情调。这样清新的意象、佛家意象、他国意象融汇综合，使得这首《忆西湖》散发着浪漫的气质。然而愈浪漫，愈缠绵，苏曼殊内心的漂泊感就愈加沉重，于是诗人的归心和思念都深深地刻画在了这首诗里。

柳亚子曾赞苏曼殊为“凄绝南朝第一僧”，认为他的诗文长处在于情感的自然流露。这首《忆西湖》流露的无所依托的飘零之意是那么深厚而缠绵，却又不凿痕迹，是那么清丽空灵，信手自然。难怪王德钟在《燕子龛遗诗序》中对苏曼殊高度评价，认为“旷观海内，清艳明隽之才，若曼殊者，殊未有匹焉”。